AF202791

Tucholsky Wagner Zola Scott Sydow Freud Schlegel
Turgenev Wallace Fonatne

Twain Walther von der Vogelweide Fouqué Friedrich II. von Preußen
Weber Freiligrath Frey

Fechner Fichte Weiße Rose von Fallersleben Kant Ernst Richthofen Frommel

Fehrs Engels Fielding Hölderlin Tacitus Dumas
Faber Flaubert Eichendorff

Feuerbach Maximilian I. von Habsburg Fock Eliasberg Zweig Ebner Eschenbach
Ewald Eliot Vergil

Goethe Elisabeth von Österreich London

Mendelssohn Balzac Shakespeare Dostojewski Ganghofer
Lichtenberg Rathenau

Trackl Stevenson Hambruch Doyle Gjellerup

Mommsen Thoma Tolstoi Lenz Hanrieder Droste-Hülshoff

Dach Verne von Arnim Hägele Hauff Humboldt
Reuter

Karrillon Garschin Rousseau Hagen Hauptmann Gautier

Damaschke Defoe Hebbel Baudelaire
Descartes

Wolfram von Eschenbach Dickens Schopenhauer Hegel Kussmaul Herder

Bronner Darwin Melville Grimm Jerome Rilke George

Campe Horváth Aristoteles Bebel Proust

Bismarck Vigny Barlach Voltaire Federer Herodot
Gengenbach Heine

Storm Casanova Tersteegen Gilm Grillparzer Georgy
Chamberlain Lessing Langbein Gryphius

Brentano Lafontaine

Strachwitz Claudius Schiller Kralik Iffland Sokrates
Bellamy Schilling

Katharina II. von Rußland Gerstäcker Raabe Gibbon Tschechow

Löns Hesse Hoffmann Gogol Wilde Gleim Vulpius

Luther Heym Hofmannsthal Klee Hölty Morgenstern

Roth Heyse Klopstock Kleist Goedicke

Luxemburg Puschkin Homer Mörike

La Roche Horaz Musil

Machiavelli Kierkegaard Kraft Kraus

Navarra Aurel Musset Moltke

Nestroy Marie de France Lamprecht Kind Kirchhoff Hugo

Nietzsche Nansen Laotse Ipsen Liebknecht
Marx

von Ossietzky Lassalle Gorki Klett Leibniz Ringelnatz
May

vom Stein Lawrence Irving

Petalozzi Platon Knigge

Sachs Poe Pückler Michelangelo Kock Kafka

Liebermann Korolenko

de Sade Praetorius Mistral Zetkin

Der Verlag tredition aus Hamburg veröffentlicht in der Reihe **TREDITION CLASSICS** Werke aus mehr als zwei Jahrtausenden. Diese waren zu einem Großteil vergriffen oder nur noch antiquarisch erhältlich.

Symbolfigur für **TREDITION CLASSICS** ist Johannes Gutenberg (1400 — 1468), der Erfinder des Buchdrucks mit Metalllettern und der Druckerpresse.

Mit der Buchreihe **TREDITION CLASSICS** verfolgt tredition das Ziel, tausende Klassiker der Weltliteratur verschiedener Sprachen wieder als gedruckte Bücher aufzulegen – und das weltweit!

Die Buchreihe dient zur Bewahrung der Literatur und Förderung der Kultur. Sie trägt so dazu bei, dass viele tausend Werke nicht in Vergessenheit geraten.

Maria Pettenpeck

Maximilian Schmidt

Impressum

Autor: Maximilian Schmidt
Umschlagkonzept: toepferschumann, Berlin

Verlag: tredition GmbH, Hamburg
ISBN: 978-3-8495-3203-1
Printed in Germany

Text der Originalausgabe

Maria Pettenpeck.[1]

von

Maximilian Schmidt.

Leipzig
H. Haessel Verlag

---

[1] Quellen: J. B. Prechtls Geschichte von Wartenberg. Joh. Peters Ludewig »Erläuterte Germania Princeps.« Mannerts Geschichte von Bayern. Max Lossens Beitrag zum Jahrbuch für Münchener Geschichte I. Stadtarchivars von Destouches Mitteilungen. Fr. W. Bruckbräus »Eichenkronen«, Max Fuchs Feuilleton-Roman und Fr. Holbeins histor. Schauspiel gleichen Namens.

I.

Fünf Meilen östlich von München, im Operationsfelde der Schlacht von Hohenlinden, liegt auf einem das oberbayerische Hochplateau gegen die Innniederung abschließenden Hügel der freundliche Marktflecken Haag mit dem teils noch gut erhaltenen, teils verfallenen, einstmals wohlbefestigten, mit Wall und Graben umgebenen Schlosse. Ein gewaltiger, viereckiger ehemaliger Römerturm mit hohem Spitzdache, geziert mit kleinen Türmchen an den vier oberen Ecken und vorne bemalt mit einem roten, feurigen Rosse, dem Wappen der ersten Besitzer dieser Burg und Grafschaft, ragt weit hinaus in die Landschaft, welche dem Beschauer eine bunte Abwechslung von Wäldern und Wiesen, Ortschaften und Flüssen darbietet und am südöstlichen Horizonte von einem riesigen Kranze der Salzburger, Tiroler und bayerischen Alpen eingesäumt wird. Jetzt bewundert man diese Rundschau gewöhnlich vom früheren Schloßgarten aus, der im Sommer als Schenkplatz der Brauerei verwendet wird, und wem die Gunst zu teil geworden, bei einem schönen Sonnenuntergang sich dort an den Wundern der Natur entzücken zu können, der wird die hehre Stimmung und den feierlichen Eindruck, die sich seiner Seele bemächtigen, nicht so leicht vergessen.

Und wer just in der Geschichte des bayerischen Fürstenhauses nicht ganz unerfahren, dem taucht vor seinem Geiste unwillkürlich jene herrliche Frauengestalt auf, welche eben von dieser Stelle wohl oftmals sehnsuchtsvoll hinausgeschaut in die sie umgebende Herrlichkeit, nämlich Maria Pettenpeck, die tugendhafte, mit allen Reizen einer jungfräulichen Schönheit reich ausgestattete Tochter des herzoglichen Schloßpflegers Georg Pettenpeck zu Haag, deren Lebensschicksal die nachfolgenden Blätter gewidmet sind.

Nachdem 1566 die Hauptlinie der früheren Grafen von Haag mit Ladislaus ausgestorben war, fand sich Herzog Albrecht V. von Bayern, dem an dem Besitze von Haag viel gelegen war, mit einigen auf die Herrschaft prätendierenden Grafen durch eine Summe Geldes ab, und brachte so Haag mit allen dazu gehörigen Gründen und Gerechtsamen samt der Herrschaft Hohen-Schöngau an sich. Ein Jahr später wurde der herzogliche Ratschreiber in München, Georg

Pettenpeck, vom Herzog Albrecht zum Pfleger, Kastner und Landhauptmann von Haag ernannt; der Herzog hielt ihn wegen seiner Rechtlichkeit und Treue hoch in Ehren. Es waren das Eigenschaften, welche in jener Zeit zu den Seltenheiten gehörten. Pettenpeck war weder von einem adeligen, noch von einem Patriziergeschlecht, sondern bürgerlicher Abkunft und ist demnach seine Wahl nur auf dessen persönliche rühmliche Eigenschaften zurückzuführen. Er entsprach durch treuen Diensteifer den Erwartungen seines Fürsten und genoß bald durch seinen redlichen und frommen Sinn auch die Achtung aller seiner Unterthanen. Dabei war er besonders mildthätig gegen die Armen und Kranken. Zu Ende der Sechziger Jahre gebar ihm seine Frau Felicitas eine Tochter, welche Mariam oder Maria getauft wurde. Dieser folgten im Zeitraume von sechs Jahren ein Sohn und nach zehn Jahren noch ein Mädchen.

Maria genoß eine sehr sorgfältige Erziehung, wie solche keinem Edelfräulein hätte besser zu teil werden können. Aber nicht nur in geistiger Beziehung machte sie große Fortschritte, auch ihr Gemüt ward mit den Jahren immer mehr empfänglich für alles Hohe, Schöne und Gute. Dazu gesellten sich die glücklichsten äußeren Vorzüge. Zur Jungfrau aufgeblüht, erfreute sie sich einer königlichen Gestalt und seltener Schönheit. In üppiger Fülle flossen ihre braunen Haare über den Nacken hinab, die von dunklen Lidern geschützten Augen leuchteten groß und dunkel, und blickten voll kindlicher Unschuld in die Welt hinein, die trotz all der Wirren und Gegensätze, welche damals die Reformation mit sich brachte, für Maria ein Paradies war, zu dem sie es sich in der Reinheit ihres Herzens selber schuf.

Pettenpecks Schwester, Muhme Paulana, lebte seit mehreren Jahren bei ihrem Bruder auf dem Schlosse zu Haag. Sie war ein sehr gesprächiges Fräulein, das durch die Erzählung seiner Erlebnisse der Nichte einen Blick in die damalige so romantische Zeit eröffnete und damit das Interesse und die Phantasie des jungen Mädchens erregte.

Oft saßen sie beisammen, mit Handarbeit beschäftigt, unter der Linde im Schloßgarten, so auch jetzt an einem prächtigen Frühlingstage des Jahres 1583, und Maria lauschte aufmerksam den Mitteilungen der Muhme. Diese schwelgte gerne in Erinnerungen an ihre eigene Jugend, wo auch ihr das Attribut der Schönheit nicht versagt war, mit der sie einen angesehenen Ritter des Reiches in Fesseln geschlagen, dem sie aber ihrer bürgerlichen Herkunft wegen entsagen mußte, gleichwohl aber die Treue bis zum Grabe bewahren wollte.

Sie hatte soeben wieder von ihm gesprochen, und seinen Verlust neuerdings beklagt, als sich Maria mit der Frage an sie wandte:»So hatte also dein Ritter nicht den Mut, wie Erzherzog Ferdinand, alle Hindernisse hinwegzuräumen und dich heimzuführen, wie jener es mit der Philippine Welserin gethan?«

»Leider nein!« entgegnete die Muhme.»Es standen der Pettenpeckin ja auch nicht die Millionen des Goldes zur Verfügung, wie der Welserin, und Philippine mochte doch wohl auch um ein Bedeutendes schöner und bestrickender sein als ich, denn sie hat ja die ganze Männerwelt entzückt.«.

»Hast du die Welserin gesehen?« fragte die Nichte neugierig.

»Freilich hab' ich sie gesehen, noch als Mädchen, denn sie hat sich ja erst anno 57 in ihrem dreißigsten Lebensjahre vermählt. Ja, sie war schön; ihr goldenes Haar, die prächtigen Augen, der zarte Teint, die herrliche Gestalt, ich sehe sie noch im Geiste vor mir. Aber sie war nicht schöner wie –«

Sie vollendete nicht. Ihre Augen ruhten wohlgefällig auf dem schönen Mädchen an ihrer Seite, das sie in diesem Augenblicke mit der Welserin verglich.

»Wie wer?« fragte Maria.

»Nicht so schön – wie manch andere,« sagte sie ausweichend, »die bei unsers Herrn Herzogs Wilhelm Hochzeit mit der lothringischen Herzogstochter Renata zugegen waren. Es war freilich gut zehn Jahre später, als ich sie bei dieser Gelegenheit zum zweiten Male sah; man schrieb schon das Jahr 1568. Damals kam Philippine mit ihrem hohen Gemahl von Innsbruck her. Mit siebenhundert Pferden kamen sie gezogen, die alle mit schwarzem und karmoisinfarbigem, reich mit Seide und Gold gesticktem Samt bedeckt waren. In schönster Ordnung zog die Reiterschar in München ein, die Hüte in den lothringischen Landesfarben, mit gelben, weißen und roten Federn geschmückt. Die Welserin, obwohl schon vierzig Jahre alt, war immer noch bezaubernd schön. Ein großes Gefolge von Reitern und Edelleuten begleitete das erzherzogliche Paar. Prinz Ferdinand, der Bruder unsers Herrn Herzog, war zur Begrüßung entgegen geschickt worden. Er war damals ein blutjunger Prinz, aber feurig und ritterlich, und wenn man Philippine für die schönste der Frauen erklärte, so war unser junger Prinz gewiß der schönste aller Männer. Doch das ist ja schon lange her,« unterbrach sie sich, und für dich haben Gegenwart und Zukunft mehr Interesse.«

»Nicht doch, liebe Muhme. Wenn du mir von dem Bruder unsers Herzogs erzählst, ist's nicht die Gegenwart? Er lebt ja noch. Doch der schönste Mann zu sein, das zählt nach meiner Meinung nicht sehr hoch. Er wird wohl bessere Eigenschaften haben?«

»Da schau' mir einer die Jungfer an!« rief Paulana. »Der schönste Mann der gesamten Ritterschaft zu sein, ist das so wenig? Wie soll denn der Mann nach deiner Meinung beschaffen sein?«

»Vor allem muß er ein rechter Mann sein, ein fester Charakter, von edler Sinnesart, treu und tapfer.«

»Das ist er auch und hat es oft bewiesen: im Kampfe gegen die Türken und im Dienste des Königs von Spanien. Drei Jahre hat er dort Kriegsdienste geleistet, und König Philipp II. sagte selbst, daß er den tapfern Wittelsbacher ungern scheiden sah. Und sollt es geschehen, daß unser Heerbann aufgeboten wird, so wird ihn sicher kein anderer Feldherr als unsers Herzogs Bruder führen.«

»Wie kommt es denn, daß solch ein hoher und bevorzugter Herr noch unvermählt durchs Leben geht?« fragte Marie sinnend.

»Das hat seine eigene Ursache,« meinte Paulana. »Als Herzog Albrecht 1579 aus dem Leben schied, da übernahm Wilhelm, unser jetziger Herzog, allein die Regierung, und sein Bruder Ferdinand wurde mit einem jährlichen Jahrgeld abgefunden; doch ist die Summe nicht so groß, daß sie für einen standesgemäßen Haushalt reichen würde, zumal Ferdinand kein Hauser ist und herzlich wenig Wirtschaftstalent besitzt. So mußte er durch eine förmliche Verschreibung sich verpflichten, nur mit Einwilligung seiner Eltern und nun, da der Vater tot, nur mit Erlaubnis seiner Mutter, der Herzogin-Witwe Anna und seines Bruders, unseres Herzogs Wilhelm, sich zu verheiraten, es sei denn, daß er durch seine Braut zu

Land und Leuten, oder sonst zu genügenden Einkünften kommen würde. Verkaufen aber will er sich nicht, und so ist er unvermählt geblieben. Er ist nun 32 Jahre alt und wird allem Anscheine nach wohl auch allein durchs Leben wandeln müssen,« fügte sie seufzend hinzu. »Ich möcht ihn gerne einmal sehen!« versetzte Maria. »Schon oft hat er in den Forsten der Umgebung gejagt, aber nach Haag ist er, seit ich's gedenke, niemals gekommen. Der regierende Herr ist doch schon oftmals bei uns eingekehrt.«

»Er hält sich selten in unserer Gegend auf,« berichtete die Muhme. »Sein Weg geht nach anderer Richtung; er führt ihn nach seinen eigenen Schlössern, namentlich nach Schongau, in dessen Umgebung er mit Leidenschaft dem Weidwerk obliegt. Jagt er aber wieder einmal in dieser Gegend, dann muß dein Vater sich die Gnade ausbitten, ihm auf Schloß Haag ein Jagdmahl anbieten zu dürfen und dann wollen wir uns schon seine Zufriedenheit zu erwerben suchen. Jetzt aber will ich sehen, ob ich der Mutter nicht zu Diensten sein kann. Der Vater wird von Wasserburg, wo er heute morgen Amtstag hielt, wohl bald zurück sein, und du weißt ja, da kommt er nicht in bester Stimmung, weil er stets zu strengen Maßnahmen gezwungen wird. Da darf das Mahl nicht lange auf sich warten lassen, und wenn du ihm den Becher füllst, ist er bald wieder zufrieden in seinem glücklichen Heim.«

»Dann muß ich mich beeilen, der armen, kranken Witwe da unten« – sie zeigte nach einem kleinen Häuschen im Thale – »die versprochene Stärkung zu bringen. Ist der Vater einmal da, dann kann ich nicht mehr fort.«

»Schicke doch lieber eine Magd hinunter!« meinte Paulana.

»Ich gehe am liebsten selbst,« entgegnete Maria. »Es ist so schön, das Unglück zu erleichtern, und die arme Frau ist so dankbar.«

»So folge dem Gebote der Nächstenliebe!« sagte die Muhme lächelnd, »ich werde indessen auf unsre eigene Mahlzeit bedacht sein, denn leben und leben lassen ist ja von jeher Grundsatz im Pettenpeckschen Hause gewesen.«

Als Maria dann, ein Körbchen am Arm, auf dem Rückwege von ihrem Samariterdienst begriffen, etwa die halbe Höhe des Schloßhügels zurückgelegt hatte, sah sie unter einer breitästigen Buche einen Mann im herzoglichen Jagdkleide sitzen, anscheinend die herrliche Landschaft bewundernd. Sobald er Maria erblickte, erhob er sich, sichtlich überrascht von der lieblichen Erscheinung des Mädchens, und verneigte sich, vornehm grüßend, vor diesem. Maria erwiderte freundlich des Jägers Gruß. Ein flüchtiger Blick zeigte ihr, daß er zwar nicht mehr in der Blüte des Jünglingsalters, doch ein vollendet schöner Mann sei, dem das grüne Jagdkleid und die mit Reiherfedern geschmückte Mütze gut zu Gesichte standen. Die Armbrust lag neben ihm am Boden, während das Hifthorn an seinem Gürtel glänzte. Einige Augenblicke standen sich die beiden schweigend gegenüber; auch Maria blickte mit sichtbarem Wohlgefallen in das edle Antlitz des Fremden. Dann schickte sie sich an, ihren Weg fortzusetzen.

Dieser aber wendete sich mit Bescheidenheit an sie und sprach:

»Irre ich nicht, so erblicke ich in Euch, edle Jungfrau, die schöne Tochter des herzoglichen Pflegers Pettenpeck?«.

»Ich bin Maria, die Tochter des Pflegers,« erwiderte das Mädchen freundlich. »Bringt Ihr vielleicht Botschaft von unserm Herzog an ihn? Der Vater kommt bald aus Wasserburg zurück. Wollt Ihr ihn im Schloß erwarten und einen Imbiß zu Euch nehmen?«

»Ihr seid sehr gütig, mir das anzubieten,« entgegnete der Jäger. »Ich muß gestehen, daß ich hungrig und durstig bin. Ich habe mich im Walde verirrt und das Gefolge meines Herrn, des Herzogs Ferdinand, verloren.«

»So kommt mit ins Schloß! Herzog Ferdinand ist Euer Herr? Von ihm hat mir die Muhme schon so viel erzählt. Erst heute sprach sie mit mir von ihm. Wie sie sich freuen wird, wenn sie Euch dienen kann; schätzt sie doch Euern Herrn gar hoch.«

»So kennt sie ihn?«

»Vor Jahren hat sie ihn gesehen. Es ist schon lange her, doch lebt er treu ihr nach in der Erinnerung. Sie ist stets seines Lobes voll – Ihr werdet es schon hören. Kommt nur mit mir ins Schloß!«

Der Fremde überlegte. War auch sein Auge auf das Mädchen wie gebannt, so zeigte er doch keine große Sehnsucht, der Muhme zu begegnen. Deshalb sagte er nach einer Pause:

»Ich muß für Eure Güte danken, holde Jungfrau, denn ich kann nicht lange hier verweilen. Ein Becher Wein, von Eurer Hand kredenzt, würde mir wohl munden. Doch muß ich des Rufes meiner Jagdgenossen gewärtig sein. Die Jagd kann nicht allzuweit entfernt sein. Hör ich das Hifthorn schallen, dann muß ich eiligst fort. Wollt Ihr dafür Sorge tragen, daß ich hier eine kleine Stärkung erhalte, so will ich Euch von Herzen dankbar sein. Ein wenig Wein und Brot genügt.«

»So will ich selbst Euch das Verlangte bringen. Ruht Euch nur einstweilen aus; gleich bin ich zurück.«

Eiligst entfernte sie sich. Entzückt sah ihr der Jäger nach, wie sie so leicht und einer Elfe gleich sich hinter dem Gebüsch verlor. Nach kurzer Zeit erschien sie wieder mit einem Becher Wein und kalten Speisen und stellte diese vor dem Fremden nieder. Mit edlem Anstande reichte sie ihm dann den Becher.

»Mög es Euch munden!« sprach sie. »Der Wein stammt noch aus unsers gnädigsten Herrn Herzogs Albrecht Keller. Er ist nur für Gäste bestimmt.«

»Tausend Dank!« rief der Jäger mit frohem Mut. »Von solch schöner Hand kredenzt, würde auch ein schlechterer köstlich munden. Ich trink auf Euer Wohl!«

In langen Zügen trank er den Becher fast leer.

»Hei! Herzog Albrecht hatte guten Saft in seinem Keller. Das muß ich meinem Herzog sagen, damit er künftig hier in Haag sein Mahl bestellt, wenn er wieder hier in der Nähe jagen geht.«

»Das würden wir Euch danken,« sagte Maria, »die Muhme, der Vater und ganz besonders ich. Es wäre uns eine ganz besondere Ehre, Herzog Ferdinand als Gast bei uns zu sehen.«

»Und ihm sollte das wohl gefallen,« meinte der Jäger. »Doch wenn der Herzog kommt, dann bin auch ich dabei, und da wünschte ich, daß ich, der ich auch Ferdinand heiße, über dem Fürsten von Euch nicht ganz übersehen würde.«

»Das wird ganz gewiß nicht geschehen,« erwiderte errötend Maria, der des schönen Mannes Blick hineindrang in die Tiefe ihres Herzens.

»Wenn es nicht unbescheiden klingt, möcht' ich Euch fragen, woher Ihr vorhin kamt?« fragte der Jäger jetzt, während er sich den Imbiß trefflich schmecken ließ.

»Ich bringe täglich um die Mittagszeit einer armen kranken Witwe dort unten in dem Häuschen etwas Speise.«

»So möge ihr der Himmel die Gesundheit wieder geben, wenn sie schon hier von einem Engel bedient wird!« entgegnete der Jäger fröhlich.

»Euer Vergleich trifft nicht zu,« antwortete Maria lächelnd. »Laßt mich immerhin eine berechtigte Erdenwallerin sein. Ich finde das Leben hier so schön, daß ich dem lieben Herrgott dafür recht herzlich dankbar bin.«

Ein unbefangenes Gespräch war bald im Gange, das dem Fremden viel Freude zu machen schien, denn Maria sprach ihre Gedanken gegen ihn so offen und herzlich aus, als ob sie schon lange mit ihm bekannt gewesen wäre. Sie kannte in ihrer Unschuld und Herzensgüte kein Arg und keine Falschheit und gab sich eben, wie sie, das Kind der Natur, erzogen war. Und als sie der Fremde fragte, ob sie sich noch niemals gewünscht, das Leben in einer Stadt kennen zu lernen, versicherte sie, daß sie trotz der schönen Beschreibungen, die ihr Muhme Paulana davon schon gemacht, kein Verlangen darnach trage, und sich vollkommen glücklich fühle, in dieser schönen Gegend leben zu dürfen, wo sie die Werke des Schöpfers bewundern könne, gegen welche ja alle Genüsse der Stadt verschwinden müßten.

»Glückliches Mädchen!« sagte der Jäger lächelnd. »Wie seid Ihr reich in Eurer Zufriedenheit! Doch weiß ich Eure Gefühle zu schätzen, denn auch ich liebe das Landleben vor allem. Aber leider bin ich gezwungen, meine Zeit meist in der Stadt und am Hofe zu verleben, nicht etwa meiner Familie wegen, denn ich bin unvermählt; aber ich muß stets dort weilen, wo Herzog Ferdinand ist. Dieser Umstand macht es mir auch zur Pflicht, sein Gefolge wieder aufzusuchen. Ich leere den Becher auf Euer Wohl! Und nun laßt mich

Euch Lebewohl sagen, holde Jungfrau, und seid bedankt für diese herrliche Viertelstunde, die Ihr mir hier geschenkt! Bald hoffe ich Euch wieder zu sehen.«

»Es soll mich freuen,« erwiderte Maria in herzlichem Tone.

Er drückte ihr mit innigem Blicke die Hand, dann eilte er den Hang hinab, dem nahen Walde zu. Maria blickte ihm, in unbewußtes Sinnen verloren, so lange nach, bis er im Walde verschwand. Dann schritt sie langsam den Weg zum Schlosse hinan.

II.

Der Jäger kam gleichfalls wie träumend bei seinen Jagdgenossen an, die sich bei seinem Nahen sofort erhoben, ihn respektvoll begrüßten und seine Wünsche vernahmen, denn der Angekommene war Herzog Ferdinand selbst, des regierenden Herzog Wilhelm V. Bruder. Der hohe Herr hatte für heute keine Lust mehr, weiter des Weidwerks zu pflegen. Sein Herz war so freudig bewegt. Sagte ja Maria, das Leben sei so schön; da sollte sich auch das Wild des Waldes seines Lebens erfreuen. Er befahl, die Pferde vorzuführen, und bald ritt er an der Spitze der Gesellschaft dem turmreichen München zu. –

Dort warteten seiner ernste Dinge. Er ward in dringender Angelegenheit zu einer Konferenz in die Burg berufen. Sein jüngst zum Erzbischof und Kurfürsten von Köln gewählter Bruder Ernst, auch Bischof von Freising, verlangte die Hilfe seiner Brüder.

In Köln hatte sich nämlich der damalige Erzbischof und Kurfürst Gebhard Truchseß von Waldburg, zur reformierten oder calvinischen Religion bekannt und sich mit einer Gräfin von Mannsfeld verheiratet. Er hatte seine Religionsänderung nicht nur öffentlich bekannt gemacht, sondern auch diejenigen, welche seinem Beispiele folgten, besonders begünstigt. Trotzdem behielt er die erzbischöfliche Würde bei, obwohl er dieselbe bei seiner Wahl nur vertragsweise und nicht als erbliches Eigentum erhalten. Das Domkapitel, mit welchem sich die Bürger von Köln vereinigten, säumte nicht, sich um die Erhaltung ihrer Rechte an den Papst und den Kaiser zu wenden. Die Folgen davon ließen nicht lange auf sich warten. Gebhard wurde vom Papste mit dem Banne belegt und vom Kaiser in die Reichsacht erklärt.

Nun hatte Bischof Ernst, der dritte der bayerischen Herzogsbrüder, nach dem kurfürstlichen Bischofsstuhle gestrebt, und war 1583 vom dortigen Domkapitel auch einstimmig zum Erzbischof erwählt worden. Er war damals bereits Bischof zu Freising, zu Hildesheim, zu Lüttich und nunmehr nahm er auch das Erzbistum Köln an.

Gebhard widersetzte sich dem. Er hatte sich nach Westfalen begeben und bereitete sich in Verbindung mit mehreren protestantischen Fürsten zum Kampfe vor. Sein Bruder Karl verwüstete bereits den katholischen Teil des Landes; ein Graf Guemar hauste im Süden, plünderte das flache Land und raubte die Schätze der katholischen Kirchen und Geistlichen. Der Streit wurde immer verderblicher, Gebhards Anhang unter den protestantischen Fürsten mehrte sich, sie drohten sogar dem Kaiser.

Nunmehr wandte sich der bedrängte Kurfürst Ernst an seinen Bruder, Wilhelm V. von Bayern, um Hilfe durch Uebersendung von Truppen und Geld, und hierüber sollte jetzt beraten werden. Man beschloß, die Werbetrommel zu rühren und dem bedrängten Wittelsbacher mit einem stattlichen Heere zu Hilfe zu kommen. Herzog Ferdinand ward als Feldherr bestellt.

»Wenn es gilt, für den Ruhm und die Ehre meines Hauses zu streiten, wird man mich alle Zeit bereit und an der Spitze finden,« erklärte Ferdinand seinem Bruder Wilhelm. »Sobald mir der Auftrag wird, werde ich ein Heer aufstellen und damit unserm Bruder zu Hilfe ziehen.«

Herzog Wilhelm übertrug ihm sofort den Befehl über alle Truppen, die man gen Köln zu schicken hätte, und Ferdinand versprach, längstens in vierzehn Tagen auf dem Marsche dahin zu sein. Der Bruder sollte nicht lange seiner harren.

Nun ward die Werbetrommel durchs ganze Bayernland geschlagen, und von allen Seiten strömten Freiwillige herbei, sich anwerben zu lassen. Vor dem Schwabingerthore zu München ward ein Lager aufgeschlagen, das teils aus Zelten, teils aus Laubhütten bestand. Auf großen Wägen wurden Waffen und Kriegswerkzeuge herbeigeschafft und verteilt, jeder konnte sich aussuchen, was ihm behagte. In der Mitte standen die Kanonen aufgefahren, glatte, lange Kartaunen und Feldschlangen. Einzelne Rotten wurden eingeübt und marschierten in festem Schritte auf und ab. Als Bewaffnung sah man alles. Spieße und Flinten, Säbel und Streitkolben, Helm und Panzer mußten für den ersten Angriff schützen. Von einer gleichmäßigen Kleidung war bei den Söldnern und Landsknechten nichts zu sehen, nur die Leibwache des Herzogs, lauter ausgesuchte, meistenteils noch junge Männer, stachen in ihren dunkelbraunen Wämsern und eng anliegenden grauen Hosen vorteilhaft von den übrigen ab.

So sehr und mannigfaltig auch Herzog Ferdinand die Tage über in Anspruch genommen war, so schwebte doch in ruhigen Augenblicken stets das liebliche Bild der Pettenpeckerin vor seinen geistigen Augen, und es war ihm nachgerade zum Bedürfnisse geworden, das holde Mädchen noch einmal, vielleicht zum letzten Male zu sehen und von ihm Abschied zu nehmen.

Er beschloß, eine Wallfahrt nach dem unweit Rosenheim gelegenen Tuntenhausen zu machen, und damit einen Abstecher nach Haag zu verbinden, und begab sich wenige Tage vor dem Ausmarsche nach der berühmten Wallfahrtskirche, um die Himmelsmutter um einen glücklichen Ausgang des Feldzuges anzuflehen. Ein einziger, getreuer Knecht begleitete ihn auf diesem Wallfahrtszuge. Nachdem Herzog Ferdinand seiner frommen Pflicht genüge gethan, sprengte er mit verhängtem Zügel gegen Haag zu. Dort ließ er den Knecht mit den Pferden im Walde zurück und begab sich allein zu jener Stelle, auf welcher er Marie das erste Mal begegnet. Es war um die Mittagszeit, als er wieder dort eintraf, und er hoffte, Maria würde noch immer ihre Samariterdienste üben, doch hierin täuschte er sich.

Er wartete lange Zeit, Marie erschien nicht. Dagegen trat aus der Hütte jener Witwe ein altes Weiblein und schritt, auf einen Stock sich stützend, langsam den Berg herauf. Ferdinand trat dem Weib entgegen und freundlich grüßend sprach er sie an:

»Sagt mir, liebe Frau, seid Ihr nicht vor etlichen Wochen krank gewesen?«

»Auf den Tod krank, jawohl,« erwiderte die Alte; »aber unser Herrgott hat mir noch ein weiteres kleines Ziel gesetzt.«

»Da habt Ihr wohl recht gute Pflege gehabt?« fragte der Herzog weiter.

»O ja,« entgegnete die Alte, »ein Engel war mein Arzt, ein wahrhaftiger Engel, das Schloßfräulein droben. Ihr verdank ich meine Gesundheit, Gott lohn es ihr. Noch jeden Mittag bekomme ich im Schlosse zu essen.«

»Könnt Ihr denn den langen Berg allein hinaufsteigen?«

»Hinauf schon, da hab' ich meinen Stock. Aber herunter geht's schwer, wenigstens bis zu dieser Stelle, und da ist's wieder das Fräulein, das mich führt und unterstützt bis zu dieser Bank.«

»Und wird das heute auch geschehen?«

»Ich denke wohl, sie müßte denn verhindert sein.«

»Da könnt Ihr mir einen Gefallen thun. Sagt dem Fräulein, aber ganz insgeheim, der Jäger Ferdinand erwarte sie hier, um Abschied zu nehmen, bevor er in den Krieg zieht. Doch schweigt sonst gegen jedermann; versteht Ihr wohl? Da nehmt dies für den Dienst!«

Die Alte sah ganz verblüfft das funkelnde Goldstück an, dann warf sie einen langen, forschenden Blick auf den Geber.

»Lieber Herr,« sagte sie dann, »Ihr seht so ehrlich und brav aus, daß ich nicht fürchten muß, Ihr meint es nicht ganz ehrlich mit dem Fräulein. Ich thue nach Eurem Willen. Gott lohne Euch diese Gabe tausendmal! Ich will, so gut ich kann, Eurem Wunsch entsprechen.«

Der Herzog entließ sie mit einer gnädigen Gebärde. Die Alte entfernte sich gegen das Schloß zu, Ferdinand aber warf sich auf die Bank unter der Buche und harrte unter Furcht und Hoffen, ob Maria kommen würde.

Diese hatte des schmucken Jägers nicht vergessen; sein Bild stand Tag und Nacht vor ihrem Sinn. Daß Herzog Ferdinand zum Führer der Truppen bestimmt, war ihr bekannt, und daß der Jäger die Gefahren des Kriegszuges mit ihm teilen müßte, war ja gewiß. Er hatte ihr ja selbst gesagt: »Wo Herzog Ferdinand weilt, da bin ich auch.« Es war ihr schon ein Trost, stets seinen Aufenthalt zu wissen; daß sie ihn nochmals sehen könnte, daß er Abschied von ihr nehmen würde, das hatte sie nicht zu hoffen gewagt. Was Wunder, wenn sie in diesen Tagen oft recht traurig war? Als aber die Alte, der man in der Küche ein Mittagsmahl vorgesetzt, einen Augenblick des Alleinseins mit ihr benützte, um ihr des Jägers Auftrag auszurichten, da leuchteten Mariens Augen auf, und ein verklärender Schimmer ging über ihr Gesicht. Sie war schnell entschlossen, dem Wunsche des Jägers nachzukommen.

Als die Alte nach eingenommenem Mahle sich entfernte, reichte sie ihr, wie sonst so oft, den Arm und verließ mit ihr in etwas schnellerer Gangart, als dies gewöhnlich der Fall, das Schloß. Nach wenigen Minuten stand sie dem ihrer sehnsuchtsvoll Harrenden schon gegenüber.

Ferdinand erhob sich eiligst und konnte einen Freudenruf nicht unterdrücken. Er reichte dem Mädchen die Hand, das ihn wie einen alten Bekannten begrüßte.

»Wie dank' ich Euch, Maria, daß Ihr mir noch die Freude gönnt, Euch ein Abschiedswort zu sagen!« sprach er, ihr die Hand warm drückend.

»So müßt Ihr wirklich in den Krieg?« fragte Maria, deren Augen sich mit Thränen füllten.

»Ja, holdes Kind, ich muß mit meinem Herzog ziehn. Die Thränen, die ich in Euren Augen schimmern sehe, sie machen mir den Abschied von der Heimat schwer. Mein Herz bleibt hier bei Euch zurück, denn ich habe seit unserm ersten Begegnen stets nur an Euch gedacht.«

»Gerade so erging es mir!« Maria errötete tief über ihre eigenen Worte, die ihr so unvorsichtig entschlüpft.

»So dachtet Ihr gerne meiner?« rief Ferdinand mit Wärme. »Wie dank' ich Euch dafür, Maria! Nun brauche ich die Gefühle meines Herzens nicht länger mehr zu bergen. Zwar ist die Blütezeit meiner Jugend mir schon entschwunden, doch eines edlen Mannes Herz birgt meine Brust, das ohne Hehl und Falsch ist. Maria, könntest du mich lieben?«

»Ja,« hauchte Maria, vertrauensvoll zu ihm aufblickend.

»So bist du mein auf ewig!« rief Ferdinand, das Mädchen stürmisch an seine Brust drückend.

Maria wand sich aus seiner Umarmung los.

»Erst wenn der Priester am Altare uns verbunden, will ich dein eigen sein. Wenn du mich wahrhaft liebst, wirst du meine Ehre nicht verletzen wollen.«

»Ich schwöre es dir im Angesichte des Himmels, bei meiner Ehre!« sprach Ferdinand feierlich. »Sobald ich aus dem Felde heimgekehrt, führ ich dich heim als meine Ehefrau. Bis dahin baue und vertrau' auf mich!«

»Ich werde dir ein treues, liebendes Weib sein,« versprach sie ihm. »Freud und Leid will ich mit dir teilen, wie es Gottes Wille über uns verfügt.« –

So ward der Bund ihrer Herzen rasch besiegelt, und keine Macht der Erde sollte mehr im stande sein, sie zu trennen. Maria versicherte dem Geliebten auf seine Frage, ob er auf ihre Treue bauen dürfe, ob sie nicht etwa lieber einem Edelmanne sich vermählte, daß sie sich glücklich fühle, eines Försters Frau zu werden, und nach Höherem nicht strebe. Der Vater, so meinte sie, würde sich auf ihre Bitte hin beim Herzog Wilhelm wohl für ihn verwenden, wenn nicht des Herzogs Bruder selbst ihm eine solche Stelle verschaffe.

Der Augenblick der Trennung nahte schnell. Dem Entzücken folgte nun der Schmerz des Scheidens – vielleicht für immerdar.

Wieder füllten sich Mariens schöne Augen mit Thränen, und schmerzbewegt beklagte sie das harte Schicksal, das sie den Geliebten finden und zugleich verlieren ließ. Aber Ferdinand tröstete sie und zeigte ihr als erste Pflicht des Mannes die Treue gegen Fürst und Vaterland. Dann zog er ein feines goldenes Kettlein aus seinem Wams hervor, hing es ihr um den Hals und sprach:

»Trage diese Kette zum Unterpfande unseres Bundes und zum Gedächtnis dieser Stunde, trage sie verborgen auf deinem Herzen, damit das Geheimnis meiner Liebe keinem, der da lebt, vor der Zeit kund werde! Nun aber muß ich scheiden. Leb wohl, mein Lieb, vergiß nicht deines Ferdinand!«

»Leb wohl!« flüsterte sie in langer Umarmung, während seine heißen Küsse auf ihren Lippen brannten.

»Gott sei mit dir! Tröste dich!« Das waren seine letzten Worte, als er sie sanft auf die Bank niedergleiten ließ, noch einmal einen unendlich liebevollen Blick auf sie warf und dann den Hang hinab, dem Walde zueilte.

Sehnend streckte sie nach dem Davoneilenden die Arme aus, dann verhüllte sie ihr Gesicht mit den Händen und schritt wie betäubt dem Schlosse zu.

Von ferne drang der Hufschlag mehrerer Pferde an ihr Ohr, der bald verhallte. Sie schloß sich in ihr Kämmerlein ein, und erst als sie im Gebete Trost in ihrem Schmerze suchte, wurde es ihr leichter ums Herz. Doch verstummt war ihr sonst so fröhlicher Gesang.

Schweigsam und in sich gekehrt ging sie umher, am liebsten saß sie am Fenster im Erker oder unter der Buche am Hange und blickte hinaus in die Ferne, nach jener Himmelsrichtung, in der ihr Geliebter weilte, von tausend Gefahren umringt. Auf alle Fragen der um ihre Gesundheit besorgten Eltern und Paulanas hatte sie nur ausweichende Antworten. Nach des Geliebten Wunsch bewahrte sie sorgsam das Geheimnis ihrer Liebe. –

III.

Herzog Ferdinand war unter den Segenswünschen seiner Mutter, der Herzogin-Witwe Anna, einer Tochter Kaiser Ferdinands I. von Oesterreich, seines Bruders und seiner Schwägerin Renata, sowie des ganzen Volkes mit seinem Kriegsheere aus München abgezogen. Es war ein beschwerlicher Zug durch so vieler Herren Länder, in welche damals Deutschland zerstückelt war. In Koblenz fand die Vereinigung mit einer dem Kurfürsten Ernst zu Hilfe geschickten spanischen und einer vom Markgrafen von Baden herbeigeführten Armee statt. Die Spanier wurden vom Grafen von Arenberg, die kurkölnischen Truppen von dem Grafen Valentin von Isenburg befehligt, über alle aber hatte Herzog Ferdinand von Bayern den Oberbefehl, und er wurde bei seinem Eintreffen von den vereinigten Truppen mit freudigem Zurufe empfangen.

Diese gesamte Armee war wohl im stande, dem aufrührerischen Gebhard und seinen Verbündeten die Spitze zu bieten.

Zuerst wurde Bonn belagert, indessen die kurkölnischen Truppen unter dem Chorbischofe Friedrich in dem unteren Teile des Erzstiftes den Kampf gegen die Gebhardiner eröffneten. Nun folgten die Wechselfälle der Krieges rasch aufeinander. Da sich Bonn nicht ergeben wollte, beschloß Ferdinand, zuerst die kleineren, am Wege liegenden Schlösser zu erobern, um dann mit ganzer Macht, im Rücken unbehelligt, gegen Bonn operieren zu können. Nachdem Poppelsdorf nach tapferer Gegenwehr erobert, rückte er gegen die starkbesetzte Burg Godesberg vor. Dieselbe war von niederländischen Marinesoldaten, mutigen und abgehärteten Leuten, besetzt. Ferdinand ließ auf einem gegenüber liegenden Hügel die Geschütze auffahren. Da aber das stärkste Geschützfeuer nicht die erwünschte Wirkung that, begann er den Angriff durch Legung von Minen. Die Aufforderung, die Burg zu übergeben, ward vom Kommandanten der Festung, Oberst Freudenberg, mit Hohn zurückgewiesen. So beschloß man im Kriegsrate, die Burg in die Luft zu sprengen, und ging sofort an die Ausführung.

Es war eine furchtbare Katastrophe. Die Erde erzitterte, Turm und Mauern wurden aus ihren Fundamenten gehoben und ausgeworfen und dadurch eine große Bresche geschaffen. Ferdinand ließ die Belagerten nicht zur Besinnung kommen, gab das Zeichen zum Sturm, und todesmutig begannen seine Scharen die Trümmer zu ersteigen und in die Bresche einzudringen. Allen voran stürmte der Herzog selbst, seine Soldaten durch sein heldenmütiges Vorgehen begeisternd und mit Siegesgewißheit erfüllend. Das geschah im Jahre 1586.[2]

Doch auch die kühnen Niederländer hatten sich bald von ihrem ersten Schrecken erholt, und führten nun alle ihre Geschütze gegen die Maueröffnung und suchten dieselbe mit ihrer Brust zu decken. Die Belagerer wurden mit wohlgezielten Schüssen empfangen und manch Tapferer hauchte hier sein Leben aus.

Gräßlich war der Kampf, immer kleiner wurde die Anzahl der Verteidiger der Feste, alles wurde niedergemacht, die Niederländer fochten mit dem Mute der Verzweiflung.

»Ergebt Euch!« rief Ferdinand, vordringend, dem Oberst der Besatzung zu.

»Niemals, solange ich meinen Arm bewegen kann,« ward ihm zur Antwort.

Doch Mann um Mann fiel an seiner Seite, und zuletzt sah sich der tapfere Oberst von allen Seiten umzingelt. Er mußte sich mit dem kleinen Reste seiner Leute auf Gnade und Ungnade ergeben. –

Die Nacht war unterdessen angebrochen. Der Mond beleuchtete die Trümmer einer bis jetzt für uneinnehmbar gehaltenen Feste und gar manches bleiche Kriegerantlitz, dessen trotzige Miene noch im Tode verkündete, mit welcher Erbitterung der Kampf geführt worden. –

Im folgenden Jahre erst wurde die Stadt Bonn, in welcher Gebhards Bruder Befehlshaber war, erobert und bald darauf auch der Herzog von Braunschweig, welcher sich des entsetzten Erzbischofes gleichfalls annahm, bei Burg geschlagen. Ganz Westfalen fiel nun ohne Schwertstreich in die Hände der Bayern, und Herzog Ferdinands Waffenruhm verbreitete sich allerwärts. Sein Bruder Ernst konnte sich nun von den Ständen wie von dem Volke der westfäli-

---

[2] Ein Freskogemälde in den Arkaden zeigt diesen Moment.

schen Lande huldigen lassen und bestieg den kurfürstlichen Stuhl zu Köln. Gebhard aber mußte aus dem Lande flüchten.[3]

Herzog Ferdinand war in allen Kämpfen unversehrt geblieben. Einmal traf ihn zwar eine Kugel mitten auf die Brust, sie drang in seinen Harnisch ein, blieb jedoch in dem unter demselben sich befindenden Wamse stecken. Ein zweites Mal war er in Gefahr, durch feige Mörder, die vom Feinde gedungen, meuchlings ermordet zu werden. Zur rechten Zeit noch wurde dies entdeckt und die Strolche der verdienten Strafe übergeben. So war er heil aus dem Feldzuge hervorgegangen und freudig bewegt trat er mit seinen tapfern Truppen nach fast zweijähriger Abwesenheit den Marsch in die Heimat an.

Dort erwartete ihn der Jubel der Hauptstadt und des ganzen Bayernlandes. Doch nicht die Sehnsucht, im Triumphe dort einzuziehen, war es, was ihn nach der Heimat trieb. Maria wollte er wiedersehen, deren engelgleiches Bild ihm stets vorgeschwebt im Gewühle der Schlachten und in den Stunden der Ruhe. Sie sollte der Lohn seiner tapferen Erfolge sein. Hatte er durch diese den Ruhm des Hauses Wittelsbach erhöht, dem Bruder zum Kurfürstentum verholfen, so wollte er als schönsten Kampfpreis die Hand Marias sich von seinem Bruder, Herzog Wilhelm, jetzt erbitten.

Daß die Gewährung seines Wunsches nicht ohne Kampf abgehen würde, sah er wohl voraus. Er kannte den Einfluß und die Strenge der Gesinnung seiner Mutter, der stolzen Kaisertochter und fürchtete sie wohl am meisten. Indessen meinte er, sei es ihm gelungen, die jungfräuliche Burg Godesberg zu bezwingen, so würde er auch den Panzer starrer Herzen zu brechen wissen, und er hoffte auch in diesem Kampfe, wenn auch nicht ohne bittere Stürme, siegreich hervorzugehen und dereinst sein geliebtes Mädchen als Herzogin heimführen zu können.

[3] Er starb nach vielen Drangsalen 1601 zu Straßburg.

IV.

Der Frühling hatte seine bunten Teppiche über Wald und Fluren des bayerischen Oberlandes ausgebreitet, die neubelaubten Wälder widerhallten von frohem Vogelsang, und mit neuer Hoffnung ward das menschliche Herz erfüllt, so auch dasjenige Marias, der schönen Pettenpeckin. Sie hatte auf ihrem Schlosse ein stilles und einsames Leben geführt. Ihr sonst so fröhlicher Gesang war verstummt, und der Ernst, der sie erfaßt hatte, stach gar seltsam von der Jugend des Mädchens ab. So oft der Vater aus der Stadt eine Nachricht über den Krieg mitbrachte, horchte sie derselben mit einer gewissen Aengstlichkeit, und wenn sie auf die Frage, ob derselbe denn noch nicht bald zu Ende sei, die Antwort erhielt, daß sich das nicht vorher bestimmen lasse, so seufzte sie leise und setzte beklommen und traurig ihre Arbeit fort.

Indessen verbreitete sich der Ruf von Mariens Schönheit und Herzensgüte immer mehr. Man nannte sie ihrer großen Mildthätigkeit wegen den »Engel von Haag«, und in weitem Umkreise wurde sie geehrt und geliebt, wie selten ein Mädchen ihres Alters sich rühmen konnte. Kein Wunder, wenn mancher das seltene Juwel sich zu gewinnen trachtete, wenn mancher Edelmann und Ritter und sogar solche von hohem Range sich bemühten, die Gunst des schönen Mädchens zu erlangen und als Freier öffentlich auftraten.

Der bescheidene Vater hatte sich zwar vorgenommen, sein Kind nicht über seinen bürgerlichen Stand hinaus heiraten zu lassen, indessen wäre ihm doch manch adeliger Freier genehm gewesen, und er sowohl, wie Mutter und Muhme drangen oft und ernstlich in das Mädchen, sich zu entscheiden, Maria aber mochte von keiner noch so ehrenvollen Verbindung etwas wissen. Und als man sie gar mit Vorwürfen überhäufte und sie schalt, daß sie in ihrem stolzen Sinn allzu hoch hinauswolle, schnitt sie alles Drängen der Ihrigen mit der Erklärung ab, daß ihr Herz längst vergeben sei, und zwar weder an einen Grafen, noch an einen andern Edelmann, sondern an einen einfachen Jäger des Herzogs Ferdinand, dem sie Liebe und Treue gelobt, und welche sie ihm halten werde bis zum Tode, ob er nun aus dem Feldzuge heimkehre oder nicht.

Nun ging es freilich an ein Fragen und Erforschen, da aber Maria von dem Geliebten selbst nicht viel mehr wußte, als daß er Ferdinand heiße und im unmittelbaren Dienste seines Herzogs stehe, also ein biederer und tugendhafter Mann sein müsse, so blieb nichts übrig, als die Heimkehr des Erwählten abzuwarten.

Endlich kam die Kunde, daß der Krieg am Rheine zu Ende. Freudiges Hoffen bewegte Mariens Herz.

In München war alles geschäftig, dem Sieger, Herzog Ferdinand, und seinen tapferen Kriegern einen festlichen Empfang zu bereiten. Alle Häuser in jenen Straßen, durch welche der Zug gehen sollte, die Neuhauser, Kaufinger-, Dieners- und Burggasse waren von unten bis oben mit grünen Kränzen und farbigen Teppichen geziert, Triumphbögen wölbten sich über den Straßen, und von den Häusern und Stadtthoren flatterten die blauweißen Fahnen.

Die heimkehrenden Truppen hatten den Befehl, sich zwischen Pasing und München zu sammeln. Ferdinand hatte im Schlosse zu Dachau Quartier genommen. Wieder, wie vor dem Ausmarsch, beschloß er, einen Wallfahrtsritt nach Tuntenhausen zu machen, um dem Himmel für den gelungenen Sieg zu danken. So sprengte er denn einen Tag vor dem festlichen Einzuge in München im einfachen Jagdkleide, nur von seinem Leibdiener begleitet, abermals dem Wallfahrtsorte zu und nachdem er dort seine Andacht verrichtet, nahm er seinen Weg nach Haag. Sein flüchtiges Pferd ließ ihn die ziemlich weite Strecke in kurzer Frist zurücklegen. Nahe bei der Hütte der armen Witwe hielt er an und übergab das dampfende Roß dem Knechte. Er selbst suchte die Alte auf, die sich sofort bereit erklärte, das Schloßfräulein von der Ankunft des Jägers in Kenntnis zu setzen.

»Da sagen die bösen Leute immer,« meinte sie lächelnd, »die alten Weiber brächten nur Unglück. Bei mir trifft das gewiß nicht zu; ich bringe das Glück in eigener Person.«

»Geht nur und seid versichert, daß auch Euch dieser Gang Glück bringen wird. Aber seid vorsichtig! Niemand außer dem Fräulein darf von meinem Hiersein erfahren.«

Die Alte eilte mit verständnisvollem Kopfnicken davon. So schnell sie ihre alten Füße tragen konnten, lief sie nach dem Schlosse; der Jäger folgte ihr langsam nach. Nicht lange währte es, so schloß er an derselben Stelle, wo er vor zwei Jahren Abschied genommen, Maria wieder in seine Arme.

Dieses Wiedersehen war für beide der schönste Augenblick ihres ganzen Lebens.

Nachdem das erste Entzücken verrauscht war, sahen sie sich gegenseitig verwundert an, denn beide hatten sich äußerlich verändert. Maria, eine voll erblühte Jungfrau, war womöglich noch schöner geworden, Ferdinands wettergebräuntes Gesicht umrahmte ein dichter Vollbart. Aber ihre Blicke sprachen noch gleich innig und leuchteten von unnennbarem Glücke. Und nun ging es an ein Fragen und Erzählen, und Maria verschwieg nicht, daß sie, von ihrer Familie gedrängt, dieser erklärt habe, daß ihr Herz bereits an ihn vergeben wäre, daß der Vater begierig sei, ihn kennen zu lernen, und daß ihrer Verbindung gewiß nichts im Wege stehen würde.

Ferdinand erwiderte ihr, daß sein ganzes Sinnen und Trachten darauf gerichtet sei, und daß er übermorgen zu ihrem Vater kommen und um ihre Hand bitten würde. Bis dahin möge auch sie sich gedulden; nur bitte er sie und sie müsse es ihm versprechen, morgen zum Truppeneinzuge nicht nach München zu kommen. Und als Maria dies befremdend fand, sprach er von dem Herzudrängen adeliger Freier, von Eifersucht und dergleichen und bat sie noch einmal dringend, seinem Wunsche zu willfahren.

»Uebermorgen,« schloß er, »erwarte mich im Schlosse, wo ich vor deinen Vater treten und frei um dich werben will. Versprich mir, daß du mir dann nicht zürnen wirst, wenn ich komme!«

»Zürnen?« rief Maria. »Meinem Ferdinand? Mit offenen Armen empfange ich dich!«

»Auch dann, wenn mir deines Vaters Mißfallen zuteil würde?«

»Das wird gewiß nicht der Fall sein. Er ist so gut, er liebt mich so sehr und will nur mein Bestes. Erst vor wenigen Tagen teilte er mir mit, daß eine sehr einträgliche Försterei in Wartenberg erledigt sei und er sich bei dem Herzoge verwenden wolle, daß du dieselbe erhältst. Ist dir das recht?«

»Alles ist mir recht, mein Engel. Uebermorgen sprechen wir weiter davon. Bis dahin lebe wohl! Sei standhaft, wie ich – wer standhaft ist, wird siegen, denn semper constantia victrix ist der Wahlspruch Herzog Ferdinands. Uebermorgen harre meiner!« Er umarmte sie nochmals stürmisch und eilte dann von dannen.

Der Hufschlag flüchtiger Rosse tönte kurz darauf von der Landstraße her. Maria horchte darauf, ihr Herz aber bebte vor lauter Glückseligkeit.

Da kam eilenden Laufes eine Zofe aus dem Schlosse und beschied sie zum Vater.

»Auf und schmücke dich, Maria!« rief ihr der Vater mit seltenem Frohmut entgegen. »Herzog Wilhelm hat mir soeben durch einen reitenden Boten dieses Schreiben zugesandt, worin er mir befiehlt, sofort mit dir nach München zu reisen, wo man uns noch heute erwartet. Frau Herzogin Renata wünscht dich unter den Festjungfrauen zu sehen, welche morgen die heimkehrenden Sieger begrüßen. Du bist dazu bestimmt, Herzog Ferdinand den Siegeskranz zu überreichen. Mädchen, spute dich! In einer Stunde reisen wir; Schwester Paulana wird uns begleiten.«

»Das ist eine Freude!« rief diese. »Komm nur, Maria, wir wollen bald bereit sein. Freust du dich denn nicht über das Glück, das dir zu teil wird?«

»Ein Glück?« fragte Maria. »Ich bliebe lieber zu Hause. Was soll ich in München? Warum wollen sie gerade mich?«

»Kind, wenn die Großen wollen, dürfen wir nicht fragen, warum. Sie wollen meistens, weil sie wollen, aus Güte, aus Laune, aus Zufall. Bei unserer Frau Herzogin hat man dies Wollen nicht zu fürchten.«

»Ach, Vater, lieber Vater, trotzdem blieb ich lieber hier.«

»Bist du krank?«

»Ach nein. Ich hoffe, gesund an Leib und Seele,« sprach Maria ganz verwirrt.

»Du hoffst? Was sind das für Redensarten?«

»Wäg nicht die Worte! Du weißt, ich verhehle dir nichts mehr. Mein Ferdinand – er war da.« Das Mädchen schmiegte sich liebkosend an den Vater.

»War da?« fragte dieser. »Und kommt nicht zum Vater?«

»Uebermorgen!« versetzte Maria.

»Uebermorgen? Kind, du bist so wunderlich.«

»Ich bin ein Kind, du hast ganz recht, doch finde ich mich bald wieder. Wollt ich vorlaut mein Empfinden deuten – wie eine Ahnung weht's mich an – mein Ferdinand hat mich gebeten, morgen nicht dem Einzug beizuwohnen – nicht nach München zu gehen – hier in Haag ihn zu erwarten.«

Der Pfleger schüttelte mißbilligend das Haupt.

»Höre, Kind,« sagte er, »dein Jägersmann gefällt mir nicht. Er kommt nicht zum Vater, will dich ferne halten von der Stadt –?«

»Er wird seine guten Gründe hiezu haben,« beschwichtigte Maria.

»Das glaub ich auch!« platzte der Pfleger heraus. »Sei dem, wie ihm wolle, der Befehl unsers gnädigsten Herrn geht vor dem Wunsche deines unbekannten Jägers. Wir wollen dann schon sehen, was er uns übermorgen zu sagen hat. Jetzt spute dich! Es bleibt dabei: in einer Stunde reiten wir. Damit basta!«

Diesem bestimmten Befehle des Vaters war nicht entgegenzutreten. Die Mutter hatte bereits alles Nötige zur Reise vorbereitet und war hoch erfreut über die hohe Ehre, welche der Tochter zu teil werden sollte.

Auf einem weißen Zelter trabte Maria bald darauf zwischen Vater und Muhme, von zwei Dienern gefolgt, der Hauptstadt zu. Je näher sie dem Weichbilde Münchens kam, desto banger klopfte ihr Herz. Dort angekommen, ritten sie zur alten Hofburg. Der Kastellan hatte bereits Befehl, für ihre Unterkunft und Verpflegung Sorge zu tragen.

Herzog Wilhelm hatte die neue, von ihm gebaute Burg, damals Wilhelmsburg, später Herzog Maxburg genannt, bezogen; seines Bruders Ferdinand Hofhaltung und Residenz war auf dem Rindermarkt. Nur die Mutter der beiden Herzoge, Herzogin Anna, wohnte noch mit ihrer Tochter in der alten Burg. Auch zum Festakte des morgigen Tages war der Hof der alten Veste bestimmt und daselbst schon eine Tribüne erbaut.

Georg Pettenpeck begab sich des nächsten Tages schon zeitig mit Tochter und Schwester in das neue Schloß, um die Befehle seines herzoglichen Herrn und der Frau Herzogin einzuholen. Paulana und Maria waren auf das prächtigste herausgeputzt, und die reichen Stoffe ihrer Kleider ließen sie von Edeldamen nicht unterscheiden. Doch kleidete Maria mehr noch ihre natürliche Schönheit.

In der herzoglichen Residenz wimmelte es von Garden, Hellebardieren, Dienern und Pagen. Die Vorzimmer waren gedrängt voll mit festlich geputzten Menschen; denn Herzog Wilhelm wollte alle sehen und begrüßen, die auf seinen Wunsch erschienen waren. Es war der ganze Adel Bayerns anwesend, Namen von altem, berühmtem Klang, deren Träger im Verlaufe der Jahrhunderte dem Lande und seinen Fürsten große Dienste geleistet. Gar manches hübsche Mädchenangesicht sah neugierig darein, das zum ersten Male die stillen Mauern des elterlichen Hauses verlassen und sich unbehaglich fühlte in der fremden Welt. Als Pettenpeck mit seiner Tochter eintrat, überstrahlte diese an Schönheit und Anmut alle Anwesenden, und selbst alte Männer mußten zugestehen, niemals ein so reizendes Mädchenbild gesehen zu haben. Pettenpeck ward allenthalben von seinen Bekannten als glücklicher Vater begrüßt.

Alsbald war Pettenpeck mit den Seinigen in das kleine Audienzgemach befohlen, in welchem sich Herzog Wilhelm mit seiner Gemahlin Renata, sowie dessen Mutter, Herzogin Anna, des Kaisers von Oesterreich stolze Tochter, befanden. Letztere war eine hohe, ehrfurchtgebietende Gestalt mit scharfen Augen und strengen Zügen.

Als Pettenpeck mit den Seinen eingetreten war, erhob sich Herzog Wilhelm und führte Maria seiner Gemahlin und Mutter zu.

»Das ist die Blume,« sprach er lächelnd, »die, stets verborgen, in meinem Garten zu Haag erblüht.«

Die beiden Herzoginnen betrachteten das liebliche Mädchen mit Wohlgefallen. Maria wußte nicht, wie ihr geschah. Sie war nicht im stande, ein Wort hervorzubringen, so sehr war sie voll des Eindrucks, den die beiden Damen auf sie machten. Der Pfleger und seine Schwester dagegen verneigten sich tief vor ihnen.

»Laßt, gnädigste Frau Herzogin, dieses mein Kind Eurer hohen Huld und Gnade empfohlen sein,« bat er, »damit Mariens künftige Lebensbahn nur eine glückliche und ehrenvolle sei!«

Renata sowohl, wie Herzogin Anna unterhielten sich nun mit dem schönen Mädchen in huldvollster Weise, und erstere äußerte den Wunsch, dasselbe recht bald in ihre unmittelbare Nähe ziehen zu können. Doch Maria bat mit bescheidenen Worten, sie in Haag zu lassen. Ihr Begehren ginge nicht nach Ehren und nach der großen Welt.

Herzog Wilhelm aber, der mit dem Pfleger abseits von den Damen stand, fragte Pettenpeck, wie es denn komme, daß seine Tochter noch keinen Gatten erwählt, da es wohl bekannt sei, daß mehrere seiner Edelleute schon um des Mädchens Hand geworben.

»Maria strebt nicht nach Rang und Reichtum,« erwiderte der Pfleger, »sie ist bescheidenen Sinnes. Ihr Herz gehört einem einfachen Jäger in Eures Herrn Bruders, des Herzogs Ferdinand, Gefolge, den ich morgen kennen lernen soll. Ich weiß von ihm nicht mehr, als daß auch er Ferdinand heißt und ich möchte ihn, falls ich ihn dessen würdig finde, Eurer herzoglichen Gnade empfehlen.«

»Daß das züchtige Mädchen keinem Unwürdigen sein Herz geschenkt, dessen dürfen wir gewiß sein,« meinte der Herzog gnädig, Maria wohlgefällig betrachtend. »Meiner Gnade sei er im voraus versichert.«

Während dieses Zwiegespräches hatte Herzogin Renata dem Mädchen das Blatt übergeben, auf welchem der Willkommgruß für den einziehenden Sieger geschrieben stand.

»Man hat es mir anheimgestellt,« sagte sie, »die Auswahl unter den Mädchen zu treffen, und ich habe dich erwählt, meinem Herrn Schwager den Siegeskranz zu überreichen. Willst du mir den Spruch vorlesen, Maria?«

Diese gehorchte sofort und las mit klangvoller und inniger Stimme die wenige Zeilen enthaltende Strophe.

Die herzoglichen Damen waren von dieser Probe hoch befriedigt und gaben Auftrag, der Pettenpeckin und ihrer Muhme im Schlosse ein Gemach anzuweisen, wohin sie sich bis zur Stunde des Einzuges zurückziehen und Maria ihren Part auswendig lernen könnte.

Der Pfleger aber ward vom Herzoge eingeladen, sich seinem Gefolge anzuschließen, mit welchem er gegen Mittag seinem Bruder eine Strecke weit entgegen ritt, umgeben von dem gesamten in der Stadt weilenden Adel.

Vieltausendstimmiger Jubel begleitete ihn auf seinem Wege. Nicht weit außer München, auf der Straße nach Dachau, trafen sich die beiden Herzoge. Sie stiegen vom Pferde und umarmten und küßten sich. Wilhelm rief gerührt:

»Wie dank ich Gott, daß er mich diese Stunde erleben ließ! Mein Gebet und mein Flehen wurden erhört.«

Der Einzug begann. Sämtliche Glocken von den Türmen der Stadt ertönten, die Geschütze donnerten ihren Willkommgruß von den Wällen, aber der Jubel und das Freudengeschrei des Volkes übertönte alles. Als Herzog Ferdinand im blinkenden Helm und Harnisch durch das Thor geritten kam, flog ihm aus allen Fenstern ein Regen von Blumen und Kränzen zu, so daß die ganze Straße mit duftigen Blüten bedeckt war. Frauen und Mädchen winkten ihm mit ihren Tüchern entgegen, und aus aller Munde ertönte der Ruf: »Hoch Herzog Ferdinand, der Eroberer von Bonn und Burg, der Sieger von Godesberg!« Und »Hoch! Hoch!« pflanzte es sich wie Echo fort durch alte Gassen und nahm kein Ende.

Von den Truppen kamen voran die Doppelsöldner mit den langen Spießen, dann die Hellebardiere, die Musketiere; diesen folgten die Schützen, dann die Reiterei, und den Schluß machten die Feldgeschütze. Sie waren in zehn Fähnlein eingeteilt. Helme und Sturmhauben hatten sie mit Eichenlaub geschmückt, Trommler und Trompeter marschierten neben der Fahne.

In den Straßen und auf den Plätzen, durch welche sich der Zug bewegte, stand das Volk dicht gedrängt. Die Zünfte hatten sich mit den ihren Handwerken eigenen Attributen zu beiden Seiten des Weges aufgestellt, ihre Standarten und Fahnen bildeten im Vereine mit dem reichen Häuserschmucke ein malerisches Gepränge. Die

Tuchmacher standen zunächst dem Thore; sie hatten seit der Schlacht von Alling das Vorrecht, bei Aufzügen und Festlichkeiten die ersten zu sein. An die Zünfte reihten sich die Söldner und Trabanten der Stadt in ihren schwarzgelben Wämsern und ihren eisernen Sturmhauben. Ihre Bewaffnung waren mächtige Hellebarden. Vor dem Rathause erwarteten die Ankommenden auf einer Tribüne der innere und äußere Rat.

So kam der Zug durch den schönen Turm, die Kaufingergasse entlang, am Rathause vorüber, durch die Burggasse zur alten Veste, wo die beiden Herzoginnen mit den Prinzessinnen und Edeldamen auf der prächtig dekorierten Tribüne ungeduldig des Siegers harrten, während der ganze Schloßhof dicht gedrängt voll Menschen war.

Die beiden Herzoge schwangen sich von den Pferden und begaben sich auf die Tribüne, wo die Heimgekehrten von den Damen aufs herzlichste begrüßt wurden.

Maria Pettenpeck stand mit den übrigen Festjungfrauen, die sämtlich prächtige Blumensträuße in den Händen hielten, zur Seite der Tribüne. Jetzt erhielt sie das Zeichen, vorzutreten und dem Helden den Siegeskranz auf blausamtenem Kissen zu überreichen. Noch hatte sie dessen Gesicht nicht gesehen. Mit niedergeschlagenen Augen trat sie vor, ließ sich auf ein Knie nieder und begann, als ringsum alles still, den Festgruß:

»Den Vielgeliebten zu begrüßen –«

Weiter kam sie nicht. Ferdinand, vom Tone der Sprecherin sichtlich ergriffen, rief unwillkürlich: »Maria!«

Diese erhob im gleichen Momente ihr Haupt und – erkannte Ferdinand. Rasch empor springend, ließ sie Kranz und Kissen fallen und rief mit einem Aufschrei des Staunens und der Ueberraschung: »Ferdinand!«

Dann wankte sie und wäre rücklings die Stufen hinabgefallen, wenn sie nicht Herzog Ferdinand rechtzeitig in seinen Armen aufgefangen hätte.

»Maria! Meine Maria!« rief er.

Paulana war herbei geeilt und führte das totenbleiche Mädchen durch die Thüre neben der Tribüne in die Burg. Vater Pettenpeck folgte besorgt nach.

Das höchste Erstaunen über diesen Zwischenfall hatte alle erfaßt.

Einer der Kavaliere trug Sorge, daß sofort eine andere der Ehrenjungfrauen den Kranz überreiche und Herzog Wilhelm, obwohl auf das peinlichste berührt, denn er erinnerte sich sofort der Rede Pettenpecks und ahnte nicht unschwer den Zusammenhang, ergriff nunmehr das Wort. Er dankte dem Bruder für seine Heldenthaten und gab ihm das Schloß und Gebiet von Dachau mit allen Erträgnissen und Rechten zum Lehen. Renata übergab ihm eine goldene Kette mit ihrem Bildnisse. Hierauf wurden die tapferen Kriegsgefährten Ferdinands der Reihe nach durch Geschenke und Ehrensolde ausgezeichnet.

Die gesamten Truppen erhielten Extrasold und von den Bürgern Freimahl – die ganze Stadt war erfüllt von Jubel. Nur in dem Gemache der Hofburg, das die Familie Pettenpeck beherbergte, hatten Gram und Schmerz jedes freudige Empfinden unmöglich gemacht.

V.

Ueber das Vorkommnis bildeten sich, wie das gewöhnlich bei solchen Gelegenheiten der Fall, die verschiedensten Deutungen. Die entfernter Stehenden glaubten, das Mädchen sei durch den Anblick des vielen Volkes beklommen geworden, Näherstehende aber, welche des Herzogs in der Aufregung herausgestoßene Worte vernommen und gesehen, wie zärtlich er die Jungfrau angeblickt und an sich gedrückt, urteilten sofort in einer für die Pettenpeckin nicht günstigen Weise. Der Umstand, daß das Fräulein vom Lande in so auffallender Weise bevorzugt worden und zur Sprecherin erwählt war, noch mehr die allseitige Bewunderung ihrer Schönheit hatten ihr ohnedem schon viel Neid und Mißgunst zugezogen und Töchter wie Mütter eifersüchtig gemacht. Es war natürlich, daß nunmehr viele bereit waren, einen Stein auf sie zu werfen. Zu ihnen gesellten sich auch die abgewiesenen Freier und sonstige eifersüchtige Anbeter Mariens. Sie zuckten die Achseln und meinten in ihrer Selbstschätzung: »Ah so – ein Höherer ist uns zuvorgekommen! Wie man sich doch täuschen kann!«

Ferdinands stolze Mutter und Herzog Wilhelm waren jedoch geradezu empört über diesen Vorfall und mußten alle Energie zusammennehmen, die Zeremonie würdig und ruhig vollenden zu können.

Niemand aber war froher als Herzog Ferdinand selbst, als er sich trennen und mit Ehreneskorte unter lustigen Fanfaren in seine Behausung am Rindermarkt zurück geleitet werden konnte, während sich Herzog Wilhelm mit seiner Gemahlin unter gleicher Ehrung zur Wilhelmsburg begab.

Maria hatte sich inzwischen, auf einem Ruhebette liegend, unter der sorgsamen Pflege des herzoglichen Leibarztes und ihrer Muhme wieder erholt. Als sie aus einer kleinen Ohnmacht erwacht, die Augen aufschlug, sah sie den Vater neben sich sitzen, der sie, die Hände gefaltet, besorgten Blickes betrachtete.

»Uebermorgen!« lispelte sie. »Ja, ja, übermorgen!« Und dann die Hände vors Gesicht schlagend, fragte sie. »Ach, Vater, du zürnest mir wohl?«

»Wie sollt ich dir zürnen, mein unschuldsvoller Engel?« sagte der Vater sanft. »Aber wenn ich ihn, ah, ihn treffen könnte,« fuhr er erregt fort, »Mann gegen Mann, Aug in Auge –«

»Ach, was wollen wir Armen gegen den Mächtigen?« sprach Paulana seufzend.

»Ah, was das betrifft,« rief der Pfleger, die Fäuste ballend, »Verzweiflung hat schon oft die Macht besiegt.«

»Verzweiflung bleibe ferne von uns,« sagte Maria; »sie lindert nichts und macht nichts gut; sie zieht Freund und Feind mit in den Abgrund.«

»Nur zu! Hinab mit ihm!« rief der Pfleger wütend aus.

»Mein guter Bruder,« bat Paulana, »sprich nicht so erzürnt und drohend!«

»Ich soll mich wohl noch gehorsamst bedanken, daß er mein Kind unglücklich gemacht? Daß er zum Zeitvertreib ein Herz gebrochen?« rief der Pfleger mit steigender Heftigkeit.

»Vater, lieber Vater, du siehst ja, ich bin ruhig. Nur die Macht des ersten Augenblicks schlug mich zu Boden. Laß uns nur nach Hause eilen – fort – nur fort von hier!«

»Fort von hier!« lachte der Pfleger wild auf. »Des Herzogs Befehl lautet: hier bleiben! Und ich muß gestehen, mich gelüstet es, diesem vielgepriesenen Heldenherzog zu begegnen, der sich verkappt in seiner Diener Häuser schleicht, um ihre Töchter zu bethören.«

»Bin ich der, den Ihr meint?« rief der unvermutet in das Gemach getretene Herzog, welchem die letzten Worte Pettenpecks nicht entgangen waren.

Paulana stieß einen Ruf der Ueberraschung aus; Maria verhüllte ihr Gesicht und weinte, aber der Alte erhob sich, faßte den Herzog scharf ins Auge und erwiderte ein kurzes: »Ja!«

»Wohlan,« entgegnete Ferdinand, »hier bin ich und will Euch hören, ehvor ich selber spreche. Was habt Ihr mir zu sagen?«

»Bruder, mäßige dich!« beschwor Paulana den Pfleger.

»Herr, es giebt kein Wort, um dieses Mädchens Frömmigkeit und Tugend zu bezeichnen, keinen Ausdruck, um ihres Vaters Liebe Euch zu schildern, aber auch keinen, Euch die Größe Eurer Unthat darzustellen.«

»Pfleger, mäßiget Euch!« fiel Ferdinand ein.

»Herr, droht nicht! Es steht ein alter Mann vor Euch, der Mark und Blut noch in den Knochen hat, den jeglich Unrecht leicht in Zorn entflammt, ein alter Mann, der Vater ist von diesem Jammerbild, das Euer Uebermut in Staub getreten.«

»Wer darf das sagen?« rief der Herzog.

»Ob ich's sagen darf, drum werd ich mich nicht kümmern. Wer mir nach der Ehre greift, der greift mir nach dem Leben. Wer kann mir's wehren, wenn ich ihm nach dem seinen trachte?« Bei diesen Worten griff er wütend nach der Waffe in seiner Brusttasche, aber die beiden Frauen fielen ihm zugleich in den Arm.

»Um des Himmelswillen, Vater!« schrie Maria, sich an seine Brust stürzend.

»Ich bin unbewehrt!« sagte Ferdinand ruhig.

»Ich bin kein Bandit,« rief Pettenpeck, den Dolch von sich schleudernd. »Aber bei allen Heiligen, kommt mir nicht bewaffnet entgegen! Ich könnte leicht durch kühnen Vorwurf und verzweifelndes Schmähen Euch in Versuchung führen, der Ehre der Tochter des Vaters Leben nachzuwerfen!«

»Ihr irrt Euch sehr,« entgegnete der Herzog. »Nie werde ich vergessen, daß Ihr Marias Vater seid.«

»Danke!« versetzte der Pfleger knirschend.

»Nun vergönnt mir, mich vor Euch zu rechtfertigen, wackerer Pettenpeck, und vor dir, teure Maria, wenn mich dein Herz nicht schon entschuldigt hat. Vergiß nicht, daß du mir unbedingt Vertrauen gelobt hast bis zum Tode!«

»Sollt ich, nachdem ich Euch nun kenne, noch an unserer Liebe Wahrheit glauben? Was könnte da noch geschehen!«

»Was geschehen soll, geschieht. Du bist gegen meine Bitte und gegen dein Versprechen nach München gekommen. Das Ereignis, worüber dein Vater sich beklagt, und das dich so tief betrübt, habe ich vorausgesehen; es wäre zu vermeiden gewesen. Morgen wäre ich als Herzog nach Haag gekommen. Du hast die Reife des Planes beschleunigt, den ich längst schon in mir genährt. Deine Ehre soll klar wie die Sonne leuchten vor aller Welt.« Und Marias Hand erfassend, fuhr er feierlich fort:»Ich habe es vor dem Bildnisse der heiligen Jungfrau Maria zu Tuntenhausen, ich habe es dir gelobt, daß du meine eheliche Hausfrau werden sollst. Den Schwur erhieltest du vom Jäger Ferdinand, doch ich komme, ihn als Herzog einzulösen. Maria, du wirst mein rechtmäßig Weib, so wahr Gott im Himmel lebt! Keine Macht der Welt soll das verhindern.«

»Mein Ferdinand, Vergebung!« rief Maria, alles vergessend, sich an die Brust des Geliebten stürzend.

»Ja, ja,« erwiderte Ferdinand mit sanfter Wehmut, »Vergebung müßt Ihr freilich von mir erbitten, Ihr, die Ihr so hart den Unschuldigen verdammt.«

»Herr,« sagte Pettenpeck milder gestimmt, »ich seh es freilich, daß Ihr weniger schuldig, als ich gedacht, doch schuldlos seid Ihr nicht. Ihr habt das Mädchen öffentlich mit kosenden Namen an Euer Herz gedrückt. Was soll nun aus dem armen Kinde werden?«

»Ich sagt es Euch ja schon. Eine Herzogin von Bayern, denke ich,« rief Ferdinand.

»Mein Fürst, da denkt Ihr rechtlich, wie ein Bürgersmann. Doch seid Ihr Fürsten weit seltener Eurer Wünsche Herr, als der freie Bürger. Ihr mögt ja daran denken, Maria heimzuführen, als Euer ehelich Gemahl. Aber Euer Herr und Bruder, Herzog Wilhelm, denkt nicht so, und Eure gestrenge Frau Mutter, die Erzherzogin, am allerwenigsten aber der alte Pettenpeck und seine Tochter. Nur gleich und gleich gesellt sich gut.«

»Und wie sprichst du, Maria?« fragte der Herzog. »Könntest du der Liebe Schwur brechen?«

»Ich gelobte Liebe, ewige Liebe dem Jäger Ferdinand,« versetzte Maria.

»Täusche dich nicht!« erwiderte der Herzog. »Dem leeren Namen hast du nichts gelobt, nur der ihn trug, war deines Schwures Empfänger. Und die Heiligen dort oben riefst du zu Zeugen an.«

»Gott steh mir bei, was soll ich thun?« fragte Maria den Vater.

Der Herzog wandte sich zu Pettenpeck.

»Ich seh', Ihr zürnt nicht mehr. Marias Liebe mußt ich arm an Glück und an Verdienst gewinnen, um meinem Selbst sie zu verdanken. Ihre Hand aber konnt ich durch Thaten erringen. Sie sind gethan, und keinen andern Lohn als *sie* verlange ich von meinem Herrn und Bruder. Ernster Wille bahnt sich seinen Weg durch Felsen.«

»Doch Fürstenpflicht muß fester noch als Felsen stehen,« fiel Pettenpeck ein.

»Weg mit Worten, wo die That muß sprechen!« rief der Herzog. »Eines einzigen Wortes nur bedarf es von dir, Maria. Willst du der Liebe Schwur noch halten?«

»Die arme Magd und Bayerns Herzog!« antwortete Maria. »Da mir nun wieder die Ueberzeugung Eures Wertes bleibt, wird mir das Herz nicht brechen, wenn ich auch meine Liebe opfern muß.«

»Das sollst du nicht! Schmücken will ich dein Leben mit allen Erdenfreuden, ich will lieber untergehen, als deinen heiteren Himmel trüben. Hier schwör' ich es zu deinen Füßen!«

Er hatte sich auf ein Knie niedergelassen, und blickte bittend zu Maria auf.

»Durchlauchtigster Herr – bedenkt «, sprach diese verwirrt.

»Daß jemand kommen könnte?« vollendete Ferdinand. »Das soll mich nicht erschrecken. In diesem Augenblick vernimmt mein Bruder Wilhelm die Geschichte unserer Liebe. Und morgen soll ganz Bayern sie erfahren,« setzte er aufstehend hinzu. »Willst du deinem Ferdinand deine Hand geben?«

Maria schaute den Vater fragend an:

»Darf ich?«

Paulana flehte mit bittendem Blick, daß er eine bejahende Antwort gebe. Endlich sagte er:

»Herr Gott, ich weiß nicht, ob ich recht thue, doch ich kann nicht anders. Gieb ihm die Hand in Gottesnamen!«

»Mein!« rief Ferdinand, indem er Marie an seine Brust zog.

»Dein auf ewig!« erwiderte das Mädchen jubelnd.

»Ich eile, dir mein Wort zu erfüllen!« Er reichte dem Pfleger und Paulana die Hand, dann stürzte er zur Thüre hinaus.

Nun herrschte wieder helle Freude bei den Frauen, doch der alte Pettenpeck schüttelte bedenklich den Kopf und sagte: »Mäßigt Eure Freude! Ein Heer von Bitterkeiten droht dieser Liebe. Gott geb die Kraft, sie recht zu überdauern!«

VI.

Der alte Pettenpeck hatte das Richtige vorausgesehen. Es kam zwischen Ferdinand und seiner gestrengen Mutter, sowie mit Herzog Wilhelm zu sehr ernsten Auseinandersetzungen. Letzterer war tief empört über ein Vorhaben, das ihm als ein offener Schimpf für das ganze herzogliche Haus Bayern erschien. Die vertrautesten fürstlichen Räte erhielten Befehl, Herzog Ferdinand die Gründe für und wider diese Heirat vorzutragen, wobei natürlich die Gegengründe gewaltig überwogen, und andere, besser passende Partien vorzuschlagen, von welchen Herzog Wilhelm und Herzogin Anna eine auch wirklich zu stande bringen wollten. Aber alles blieb vergeblich. »Semper constantia victrix!« lautete Ferdinands Wahlspruch.

Die alte Herzogin hatte die Pettenpeckin zu sich befohlen und hoffte, auf diese ihren Einfluß ausüben zu können. Sie sah kein anderes Mittel, als rasche Trennung durch Ueberredung oder Gewalt. So sehr ihr gestern bei der Audienz das Mädchen gefallen hatte, so sehr verkannte sie dasselbe jetzt und war fest überzeugt, Maria hätte durch weibliche Künste ihren Sohn umstrickt. Im gleichen Sinne urteilte auch der erzürnte Herzog Wilhelm, nur Renata, dessen liebenswürdige Gemahlin, dachte und sprach milde und versöhnend, jedoch ohne Erfolg.

Als der alte Pettenpeck mit Paulana und seiner Tochter sich von der alten Veste zur Wilhelmsburg begab, hatten sie Gelegenheit, den Umschwung der Stimmung in Bezug auf ihre Person zu beobachten. Einige gute Freunde Pettenpecks entwichen schnell in eine Seitengasse oder eilten geschäftig thuend vorüber, um nicht mit ihnen sprechen zu müssen. Alles blickte ihnen nach, viele, besonders Frauen, sahen der schönen Pettenpeckin geradezu mit höhnischem Lächeln ins Gesicht. Ja, sie vernahmen mehrmals die Worte: »Das ist sie, die Geliebte des Herzogs.«

Scham und Wut röteten die Wangen des Mädchens, und heiße Thränen rannen über Mariens Wangen. Paulana gab sich alle Mühe, zu plaudern, in der Hoffnung, dadurch die Aufmerksamkeit ihres Bruders und ihrer Nichte von den Leuten abzuwenden, aber es gelang ihr nicht. Der Pfleger war blaß und mehr als einmal war er daran, den frechen Blicken und Reden zu erwidern, aber Paulana flüsterte ihm zu. »Sei stolz, Bruder, und baue auf Ferdinands Schwur!«

Wohl schwieg er, bis er das Thor der neuen Burg hinter sich hatte, dann aber hielt er an und sprach, indem er die Tochter bei der Hand ergriff:

»So wahr Gott im Himmel lebt, schwör auch ich jetzt, daß wir beide nicht mehr aus diesem Thore schreiten, um neue Niedertracht zu erfahren – es sei denn, daß du als Braut des Herrn anerkannt und die Ehre wieder hergestellt ist.«

»Was hast du vor, Bruder?« rief Paulana, die wohl bemerkte, wie der Pfleger nach der Brusttasche griff, wo er die Waffe geborgen trug.

»Ruhig! Kein Wort mehr! Es bleibt dabei!« entgegnete der alte Mann.

Der herankommende Kastellan verhinderte eine weitere Auseinandersetzung. Er führte die Ankommenden sofort in das Vorzimmer des Audienzsaales, und ein Page meldete deren Ankunft der Herzogin Mutter und dem regierenden Herrn.

Maria ward sofort in das Gemach der Herzogin Witwe, der Pfleger aber in dasjenige des Regenten gerufen.

Herzogin Anna gab sich anfangs Mühe, das Mädchen freundlich zu empfangen.

»Wir sehen uns heute nicht so heiter, wie gestern,« sprach sie teilnahmsvoll.

»Ich bin heiter,« entgegnete Maria ruhig, »trug gestern einen größeren Kummer auf dem Herzen, der heute ganz verschwunden ist.«

»Es ist mir lieb, daß die öffentliche Meinung dir nicht sehr wichtig scheint,« versetzte die Herzogin.

»Klagt mich die öffentliche Meinung an, so wird sich auch ein Verteidiger, ein Richter finden,« antwortete Maria, ihre schönen Augen zum Himmel erhebend.

»Auf welchen Verteidiger hoffst du?«

»Auf den, der meine Unschuld kennt, den Ehre, Pflicht, Gewissen aufrufen – auf meinen Ritter!« antwortete Maria mit Würde.

»Auf deinen Ritter? Ei, wie vornehm!« rief die Herzogin.

»Leider! Dem armen Jäger Ferdinand würde es freilich leichter, meine Ehre herzustellen; dem Herzoge dürfte es nicht so leicht gelingen. Je höher er mich durch seine Liebe hob, desto tiefer mußt ich sinken, doch nur vor Menschen, nicht vor Gott. Ich hab es auf dem Herwege wohl erfahren, wie schonungslos man mit eines armen Mädchens Ehre spielt. Und hofft ich nicht auf ihn, lebt ich nicht mehr.«

»Und was verlangst du?« fragte die Fürstin, durch die Festigkeit Mariens selbst etwas aus der Fassung gebracht.

»Nichts. Was mir gebührt, muß mir werden. Fürsten müssen Ehre geben, nicht rauben. Glaubt mir, Fürst Ferdinand wird handeln wie ein Biedermann.«

»Und du giebst ihn nicht frei? Weißt du, daß man Gewalt anwenden kann, wo vernünftige Gründe in den Wind verhallen?«

»Gewalt?« rief Maria, sich stolz aufrichtend. »Wohl gar das Los einer Agnes Bernauer? Nun wohl, so sterb ich für ihn, und hab ihm meinen Schwur gehalten.«

»Mädchen!« rief die Fürstin. Maria erschien ihr in diesem Augenblicke in der That von hoher, fürstlicher Gesinnung, und mit Staunen blickte sie auf das bürgerliche Kind. Sie wußte nicht, was sie erwidern sollte.

»Begieb dich in das anstoßende Zimmer hier,« sagte sie gütiger. »Ich werde dich rufen lassen, sobald ich mit dem Herzoge gesprochen.«

Maria küßte der Herzogin die Hand und that nach dem Wunsche der hohen Frau. Gleich darauf kam Herzog Wilhelm mit seiner Gemahlin in großer Aufregung zu seiner Mutter. Er berichtete ihr über seine Unterredung mit dem alten Pettenpeck.

Er hatte diesen scharf angelassen und ihn und seine Tochter mit Vorwürfen überhäuft. Doch gereute es jetzt den frommen Herrn, dies gethan zu haben, denn er mußte erfahren, daß sowohl Vater wie Tochter in jeder Hinsicht unschuldig waren, und nur Ferdinand allein für alles verantwortlich gemacht werden müsse. Er konnte nicht umhin, ebenfalls zu bemerken, daß er in diesem bürgerlichen Mann einen Adel der Gesinnung erkannt, der jedem Edelmanne zur Ehre gereichen müßte.

»Seine Tochter ist gleich edler Denkungsart,« gestand Herzogin Anna. »Aber gerade von dieser hohen Gesinnung erwarte ich, daß sie freiwillig dem Bunde entsagen wird.«

Die Beratung, welche sie nun führen wollten, ward durch den ungestümen Eintritt Herzog Ferdinands unterbrochen.

»Verzeihung!« sagte er, sich vor seiner Mutter und dann vor den anderen verbeugend, »daß ich unangemeldet eintrete, aber man sagte mir, Maria Pettenpeck wäre hier, und wo sie ist, will ich als Ritter ihr zur Seite stehen.«

»Ein Ritter hat vor allem die Pflicht, den Schild seiner Ehre und Würde fleckenlos zu halten,« sagte die Mutter scharf.

»Herzogin,« entgegnete Ferdinand, »wer so wie Ihr rein und erhaben, ein Vorbild aller Tugend glänzt, dem steht ein strenges Wort auch zu. Aber bei Eurer strengen Tugend wohnt auch Gefühl. An dieses wende ich mich und an das Herz des Bruders, ehe der Regent den Vorteil erst erwägt, den diese Hand durch wohlberechnete Vermählung dem Lande bringen könnte.« Und des Bruders Hand ergreifend, kniete er vor seinem Stuhle nieder und fuhr fort: »Herr, verlange von mir, was ich leisten kann, aber das Unmögliche fordere nicht von mir!«

»Nicht so, mein Ferdinand, sprich zum Bruder!« entgegnete Wilhelm, ihn sanft erhebend. »Aber den Herrn rufe nicht an, der muß dir zürnen. Sei fest und gebiete deinem Herzen!«

»Mein Herz schlägt nur für diese eine, ist unempfänglich sonst für alles andere.«

»Auch für die Ehre unseres Hauses?« warf die alte Herzogin in schneidendem Tone ein.

»Nein, sonst hätt' ich Bayerns Schlachten nicht geschlagen, den Kurfürsten Gebhard nicht vernichtet, der auch um seiner Liebe willen leidet, dem jungen Bruder nicht den Kurhut auf sein geistlich

Haupt gesetzt. Doch rechnet dies alles mir nicht an! *Sie* war's, die mich begeisterte; für meine Liebe sollten Thaten sprechen.«

»Als Held hat er gefochten!« erklärte jetzt Renata.

»Und Heldenthaten lohnt Bayerns Fürst mit Lorbeer, nicht mit Rosen,« ergänzte Herzogin Anna.

»Komm zu dir!« sagte jetzt Wilhelm milde. »Erinnere dich! Verlange nicht, was meine Fürstenpflicht verbietet!«

»Herr Herzog,« rief Ferdinand, gewaltsam an sich haltend, »es giebt der Pflichten viele, am höchsten aber gilt mir die, ein ehrlicher Mann zu sein. Maria war ein unbescholtenes Mädchen; sie ahnte nicht, in ihrem armen Jäger des Herzogs Bruder zu umarmen. Findet Ihr mich strafbar, nun denn, so straft mich, daß ich der Bürgerin die Ehe versprach, aber hindern soll mich nichts, mein Wort zu halten. Herzog Wilhelm soll nicht eines Schurken Bruder sein! Und wollt Ihr den Bruder hindern, seine Ehre einzulösen, seid Ihr kein Bayernfürst.«

»Verwegener!« rief der Herzog drohend und mit Kraftanstrengung. »Nicht den Fürsten rufe auf in mir! Genug der Worte. Ihr seid entlassen jetzt und kommt nicht eher mehr, bis Ihr den richtigen Ton gefunden, wie man mit seinem Herrn und Fürsten spricht!«

»Mein Gemahl!« beschwichtigte Renata.

»Wohlan, ich gehe,« versetzte trotzig Herzog Ferdinand.

»Und verlaßt sofort diese Burg!« lautete des Herzogs Befehl.

Ferdinand, der sich schon der Thüre zugewendet, drehte sich rasch um.

»Wie, ich sollte das Lamm in Euren feindlichen Händen lassen? Nimmermehr! So merket wohl: schwörend heb' ich diese Hand zum Himmel und gelobe, was Bitten, Flehen, der Ehre gewichtiges Wort nicht vermochte, das wird mein Mut vollbringen, und mit Gewalt werd ich mein Eigentum mir holen!«

»Was? Rebellion!« rief der Fürst, rasch zur Thüre schreitend und sie öffnend. Graf Hohenburg erschien auf der Schwelle. Hinter demselben sah man Pfleger Pettenpeck.

»Herzog Ferdinand,« rief der Fürst jetzt gebieterisch, »übergebt dem Grafen Euer Schwert.«

Die Frauen standen entsetzt.

»Mein Schwert?« erwiderte Ferdinand, indem er dasselbe losmachte und es auf den Tisch legte. »Dies geb ich nur in *Eure* Hände, zu dessen Ruhm ich es geführt. Doch möchtet Ihr bedenken, daß die Stadt noch voll von meinen Truppen ist, die ihren Feldherrn sich zu holen wissen, und Münchens Bürger sind auf meiner Seite, denn ihre Ehre ist mein Panier, das ich erheben will, und kann ich es nicht siegreich tragen, nun wohl, so fließe hin, mein fürstlich Blut im Kampfe für reine, bürgerliche Ehre!«

»Nein, nein!« rief jetzt Maria, welche bei Ferdinands lauter Rede die Thüre geöffnet hatte und jetzt in größter Erregung hereinstürzte. »Halt ein, Ferdinand, meinethalben darf kein Blut vergossen werden! Ich will nicht den Zwiespalt in mein Herzoghaus gebracht haben. Prinz Ferdinand, ich geb Euch frei. Ich dank Euch inniglich für so viel Liebe. Ich war dort stille sel'ge Zeugin dessen, was Ihr für meine Ehre, für Eure Liebe thatet. Ich hab zu Gott gebetet, daß er mir einen Ausweg zeige aus dieser Drangsal. Der Vater schwur, daß ich nur als Braut diese Burg verlassen dürfe; nun denn, so will ich eine Braut des Himmels werden. Laßt mich ziehen, gebt mich meinem Vater zurück! Die Ehre seines Kindes ist durch meinen Schritt gesühnt.«

»Ja, komm mein Kind – in meine Arme!« rief Pettenpeck, zu seiner Tochter eilend und sie an sich ziehend. »So bewahrst du mich vor dem Verbrechen der Verzweiflung. Laß uns gehen! Was wollt ihr noch von diesem Kinde? Ihr habt dem Mädchen alles ja genommen, könnt ihr den Totenkranz wohl lassen.«

»Gemach, Herr Pfleger!« sagte Ferdinand. »Nicht so sollt Ihr von hinnen gehen. Kann Maria mir ihr Lebensglück zum Opfer bringen, so kann ich ihrethalben gleichfalls jeglichem entsagen, so verzeiht, o Fürst, wenn ich mit dem Schwerte auch alle meine Aemter, Würden und Titel Euch hiemit zu Füßen lege und nichts will sein, als ein armer Jäger. Als solchen gebt mir die Försterei zu Wartenberg, – die war's doch, welche mir der Pfleger zu verschaffen gedachte? – und als Förster will ich dann Maria als meine geliebte Hausfrau heimführen.«

Die alte Herzogin sowohl, wie der regierende Fürst waren durch diese neue Wendung der Sache in ihren Herzen getroffen. Renata schmiegte sich bittend an ihren Gemahl und flüsterte ihm versöhnende Worte zu.

Endlich fragte der Fürst mit milder Stimme:

»So würdest du schwören, jedem Anspruch auf den Thron für dich und deine Erben zu entsagen?«

»Ich schwör's, so wahr mir Gott helfe!« rief Ferdinand, sich auf ein Knie niederlassend und die Hand erhebend.

Die Herzogin Mutter gab gerührt mit stummer Miene dem Fürsten zu verstehen, daß sie besiegt und dieser sagte, den Bruder sanft erhebend:

»Steh auf Ferdinand! Nimm hier dein Schwert! Führe es fürder, wie bis jetzt, nur gegen deine und unsere wirklichen Feinde! Ich gehöre nicht dazu.«

Nun umarmten sich die beiden Brüder innig.

»Und du, Maria,« wandte sich dann der Fürst an diese, »kniee nieder und erhebe dich wieder als Gräfin von Wartenberg! Die Herrschaft sei dein Brautgeding und als Grafen von Wartenberg[4] erkenne ich deine Nachkommen, wenn anders mein wackerer Pettenpeck seinen Segen zu der Verlobung giebt.«

»O, mein Herr und Fürst!« rief dieser, kniend des Herzogs Hand küssend.

»Komm an mein Herz!« rief jetzt die alte Herzogin dem überglücklichen Mädchen zu. »Und that ich dir weh, so vergieb der Fürstin, die Mutter wird es wieder gut zu machen wissen.«

Auch Renata umarmte Maria zärtlich.

Ferdinand aber rief, von Freude und Staunen übermannt: »Bruder – Mutter – Herzogin! Mir fehlt die Sprache – und hier die Braut – sie weint vor Lust. Maria, meine Braut, o rede doch!«

---

[4] Markt mit Schloß Wartenberg liegt in der Nähe von Moosburg am rechten Ufer der Isar. J. B Prechtl in Freising schrieb eine hochinteressante Geschichte des Marktes Wartenberg.

»Ich kann ja nicht,« antwortete diese unter Thränen. »Verarmt an Spruche ist der Mund der Ueberreichen; die Thränen müssen sie ersetzen.«

Und überselig warf sie sich an die Brust des Bräutigams. – Dann verließen die Glücklichen, denen sich auch Paulana wieder anschloß, die neue Burg. Ferdinand führte zur Ueberraschung der Münchener Maria am Arm zu ihrer Wohnung in der alten Veste zurück. Durch Herolde war das freudige Ereignis sofort dem Volke bekannt gegeben. Als herzogliche Braut kehrte Maria wieder nach Haag und in die Arme der sie sehnlichst erwartenden Mutter zurück. –

Nachdem die vielerlei Formalitäten, namentlich wegen des Verzichtes der Erbfolge, erledigt, erfolgte die Einsegnung der Ehe. Das junge Paar nahm seine Wohnung in dem schon früher von Herzog Ferdinand erkauften Hause am Rindermarkt und Rosenthal, welches mit den nach und nach hinzugekauften Häusern und Gärten zu einem prächtigen Fürstensitze umgestaltet wurde. In dem von Herzog Ferdinand angelegten Garten, der noch heute dem Rosen- oder Grottenthal den Namen giebt, waren mehrere Lusthäuser, darunter auch ein Saal, in welchem die Hauptbegebenheiten des kölnischen Krieges abgebildet waren und in einer Nische stand Ferdinand eigenes in Erz gegossenes Standbild, ihn zeigend mit Feldbinde und Feldherrnstab, welches nachmals in die Heiligen- geistkirche verbracht wurde, woselbst es an der westlichen Wand noch zu sehen ist.

Sein eheliches Leben mit Maria war ein sehr glückliches und reich an Kindern gesegnet. Mariens Vater war gleich nach deren Verhei- ratung zum Landrichter in Haag ernannt worden, wo er noch bis zum Jahre 1608 gelebt hat.

Am 30. Januar desselben Jahres starb Herzog Ferdinand in seiner Münchener Residenz infolge eines Herzschlages, und wurde seine Leiche am 4. Februar feierlich in der Gruft der Frauenkirche bestat- tet.

Bescheiden und mäßig im Glück, war Maria standhaft in den Ta- gen des Kummers und allverehrt von ihren Zeitgenossen. Sie segne- te am 5. Dezember 1619 zu München das Zeitliche, nachdem ihr drei Söhne und eben so viele Töchter in die Ewigkeit vorausgegangen waren. Sie wurde in der Familiengruft der Hauskapelle bestattet.

Das Geschlecht der Grafen von Wartenberg pflanzte sich nur 148 Jahre nach der priesterlichen Trauung des glücklichen Paares fort, denn 1736 ist der letzte des Stammes, Graf Maximilian Emanuel von Wartenberg, der sich damals auf der Ritterakademie zu Ettal befand, in dem blühenden Alter von 18 Jahren verunglückt. Nach seinem Tode fiel die Wartenbergische Grafschaft an das Kurhaus Bayern zurück.

Als die St. Sebastianskapelle im Jahre 1807 zu einer Privatwohnung umgebaut worden, ließ König Max Joseph I. durch ein Dekret vom 30. November 1808 die sterblichen Reste der Grafen von Wartenberg in die Gruft der Frauenkirche verbringen, wo sie in Frieden neben jenen des Herzogs Ferdinand ruhen. Ein einziger Sarg umfaßt nur das ganze gräfliche Geschlecht, dessen Stammmutter die holde Maria Pettenpeck gewesen, die liebliche Tochter des biederen Pflegers von Haag.

Über tredition

Eigenes Buch veröffentlichen

tredition wurde 2006 in Hamburg gegründet und hat seither mehrere tausend Buchtitel veröffentlicht. Autoren veröffentlichen in wenigen leichten Schritten gedruckte Bücher, e-Books und audio-Books. tredition hat das Ziel, die beste und fairste Veröffentlichungsmöglichkeit für Autoren zu bieten.

tredition wurde mit der Erkenntnis gegründet, dass nur etwa jedes 200. bei Verlagen eingereichte Manuskript veröffentlicht wird. Dabei hat jedes Buch seinen Markt, also seine Leser. tredition sorgt dafür, dass für jedes Buch die Leserschaft auch erreicht wird.

Im einzigartigen Literatur-Netzwerk von tredition bieten zahlreiche Literatur-Partner (das sind Lektoren, Übersetzer, Hörbuchsprecher und Illustratoren) ihre Dienstleistung an, um Manuskripte zu verbessern oder die Vielfalt zu erhöhen. Autoren vereinbaren direkt mit den Literatur-Partnern die Konditionen ihrer Zusammenarbeit und partizipieren gemeinsam am Erfolg des Buches.

Das gesamte Verlagsprogramm von tredition ist bei allen stationären Buchhandlungen und Online-Buchhändlern wie z. B. Amazon erhältlich. e-Books stehen bei den führenden Online-Portalen (z. B. iBookstore von Apple oder Kindle von Amazon) zum Verkauf.

Einfach leicht ein Buch veröffentlichen: **www.tredition.de**

Eigene Buchreihe oder eigenen Verlag gründen

Seit 2009 bietet tredition sein Verlagskonzept auch als sogenanntes "White-Label" an. Das bedeutet, dass andere Unternehmen, Institutionen und Personen risikofrei und unkompliziert selbst zum Herausgeber von Büchern und Buchreihen unter eigener Marke werden können. tredition übernimmt dabei das komplette Herstellungs- und Distributionsrisiko.

Zahlreiche Zeitschriften-, Zeitungs- und Buchverlage, Universitäten, Forschungseinrichtungen u.v.m. nutzen diese Dienstleistung von tredition, um unter eigener Marke ohne Risiko Bücher zu verlegen.

Alle Informationen im Internet: **www.tredition.de/fuer-verlage**

tredition wurde mit mehreren Innovationspreisen ausgezeichnet, u. a. mit dem Webfuture Award und dem Innovationspreis der Buch Digitale.

tredition ist Mitglied im Börsenverein des Deutschen Buchhandels.

Dieses Werk elektronisch lesen

Dieses Werk ist Teil der Gutenberg-DE Edition DVD. Diese enthält das komplette Archiv des Projekt Gutenberg-DE. Die DVD ist im Internet erhältlich auf **http://gutenbergshop.abc.de**

Zeitfracht Medien GmbH
Ferdinand-Jühlke-Straße 7
99095 Erfurt, Deutschland
produktsicherheit@kolibri360.de